路 过

黄于洋 / 著

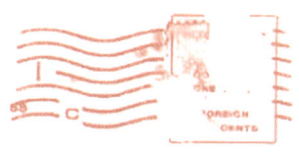

图书在版编目（CIP）数据

路过／黄于洋著．——北京：新世界出版社，2016.1
ISBN 978-7-5104-5462-2

Ⅰ.①路… Ⅱ.①黄… Ⅲ.①散文集－中国－当代 Ⅳ.①I267

中国版本图书馆 CIP 数据核字（2015）第 263227 号

北京版权保护中心引进书版权合同登记号 01-2105-4393

中文简体版通过成都天鸢文化传播有限公司代理，经由时报文化出版公司独家授权，限在大陆地区发行。非经书面同意，不得以任何形式任意复制、转载。

路过

作　　者：	黄于洋
策　　划：	中资海派
执行策划：	黄　河　桂　林
责任编辑：	秦彦杰　张晓翠
特约编辑：	杨华妮　涂玉香
责任印制：	李一鸣　张　英
出版发行：	新世界出版社
社　　址：	北京西城区百万庄大街 24 号（100037）
发 行 部：	(010) 6899 5968　　(010) 6899 8705（传真）
总 编 室：	(010) 6899 5424　　(010) 6832 6679（传真）
	http://www.nwp.cn　　http://www.nwp.com.cn
版 权 部：	+8610 6899 6306
版权部电子邮箱：	nwpcd@sina.com
印　　刷：	深圳市彩美印刷有限公司
经　　销：	新华书店
开　　本：	880×1250　1/32
字　　数：	204 千字
印　　张：	7.5
版　　次：	2016 年 1 月第 1 版　2016 年 1 月第 1 次印刷
书　　号：	ISBN 978-7-5104-5462-2
定　　价：	35.00 元

版权所有，侵权必究
凡购本社图书，如有缺页、倒页、脱页等印装错误，可随时退换。
客服电话：(010) 6899 8638

致读者

致读者

谢谢翻起这本书的你
希望它能给你一点勇气
和一点温暖

于 洋

 推荐序

信念,让梦想不再遥远

伊能静

她,十六岁开始只身旅行,一个人从东亚到南亚,从中东到非洲,从欧洲到拉丁美洲……当同龄人满脑子想的是翘课、考试和玩耍时,她的足迹已经遍布世界。

究竟是怎样的信念,支撑着她一路前行、不畏艰险?

是对成长的渴望吗?是对未来的向往吗?还是对梦想的痴迷与追寻?

无论何种缘由,都已然不重要。重要的是,人活着,要有信念支撑!如此,成长才不会孤单,梦想才不再遥远。

这本能量满满的旅行游记,深深触动了我。一个柔弱的单身女孩,独行于世界众多陌生的国度,将旅途中的独特体验,一一化成洗净灵魂的美妙文字,每每读及,不禁让人感动落泪。生而

为人，你必须经历挫折与磨难，内心才会饱满丰盈，不辜负上苍赋予生命的美意。

在人生旅途中，我们也总会遭遇突如其来的意外，被打个措手不及。比如疾病，比如车祸。面对这些磨难，你是不甘承认自己的渺小，选择坚强，还是相信真诚和善良，寻求帮助？一如书中所写："逞强与坚强是两回事，我的坚强就是承认自己的脆弱，知道自己的极限在哪里，不再为此自责懊恼。"是的，所谓坚强就是承认自己的软弱。也如同生活，你要先低下身姿，学会做个普通人，才可以昂首挺胸，飞得更高。

人生也要学会宽容与忍耐、付出与给予。向摔倒的人伸出援助之手，给初次见面的人一个微笑，给哭泣哀伤的人一个拥抱。在纷繁嘈杂的社会中，也许很难见到如此可贵的品质，但在一个人的旅途中，就变成了自然流露的真感情，成为人与人之间表达爱的方式。如同作者在刚果丛林丢失了唯一一件毛衣，第二天，却发现穿在一个孩子身上——那孩子更需要这件毛衣。黄于洋在书中深情抒写道："真的不需要那些东西来证明发生过的美好，最快乐的时光里我反而一张照片也没拍过，一段文字也没留下来，但是心里什么都记得，记得当时天空多透明，记得阳光如何洒在睫毛上。"

念到这几句时，我内心已是莫名感动，亦格外安谧与宁静。这女孩写得真好！透过她的文字，我仿佛看见那些活生生的精彩画面。人与人之间的爱与美好，跃然纸上，让人肃然起敬！

这世界，有人为丰盛自己的生命，背起行囊，闯荡四方；却也有人，困在原地，寸步难行，觉得自己快活不下去……

读完《路过，这个世界教我的事》，掩卷遐思，我亦想收拾行囊，来一趟肆无忌惮、义无反顾的旅行。无论路途多么艰难，我也要坚持对美好的追求。因为，唯独心中有了信念，梦想才不再遥远，远行才不会孤单。

自 序

如果当时没有选择勇敢

"我今年夏天要去自助旅行,已经订好机票了,只是告知你们一声而已。" 6年前,我任性地对家人说出这句话。此后,我的人生开始发生改变。

之后几年,我一个人从东亚到南亚,从中东到非洲,从欧洲到拉丁美洲,背起背包转身上路的日子像是毒瘾般让我无法自拔。唯一一次察觉到自己跟从前有些不同,是在我20岁那年走过中东之后,忽然觉得满腔的思绪需要宣泄,于是每天不断把那些满溢而无处安放的情绪小心翼翼地涂抹在纸上,书写文字如同心理治疗。但这好像还不足以弥补什么,后来我干脆在右脚踝上刺了"Wanderlust"(wander:游荡、流浪;lust:瘾)的字样,现在想起来觉得有些幼稚,但可以理解20岁的自己为那些排山倒海又无法倾诉的情感找不到出口时的孤独。

6年后的今天,一个熟识多年的好友对我说:"你变了好多。"

我一时语塞,脑海中浮现这几年走过的路、遇到的人和事。每件事的开始、每个人的相遇,都是在奇迹般微小的机会下发生的。如果当时没有跳上那辆公交车,如果当时选择直走而不是右转,如果早一天抵达那个城市,如果那班火车没有误点,如果陪我走过那段旅程的不是加缪的《局外人》(L'Étranger),如果没有因为眷恋一块土地而舍不得离开,如果当时没有选择勇敢……也许所遇到的人和事将全然不同,我也许会成为与现在全然不同的人,也不会知道自己有多么幸运!

而我花了很长一段时间,才勉强接受美好的东西都会消逝这个让人心碎的事实。

所以我对旅行从来不做任何计划,因为期待遇见奇迹,奇迹是无法被计划的,而我却常常是被奇迹垂顾的那个人。

直到这本书出版前一个月,我才意识到自己多年以来的旅程将会变成一本书。在这之前,我写下些许文字,只是想对自己有个交代而已。

某个夏日中午,我看着空空的咖啡杯,却想不起来自己是什么时候喜欢上喝咖啡的;想不起来在婆罗洲的那个晚上,自己是怎么边喝着从菲律宾走私来的朗姆酒边跳进海里裸泳的;想不起来在印度那趟两天两夜的火车旅途中是怎么度过的;想不起来在沙漠生活时,把脚埋进沙里是什么感受;想不起来乌干达的孩子微笑的弧度;想不起来埃塞俄比亚山上那杯姜茶的温度……太多事都想不起来，于是，我敲下每个字，为了要记得、要感谢那些人那些事。

　　谢谢旅行，给我这样一次可以坦诚地审视自己的机会。

　　我几乎是在用尽全力毫无保留地写。这几万字，每字每句诉说的都是真实的自我，它们一笔一画、深深浅浅地刺在我心上，让我痛并快乐着。对自己诚实有多么不容易！

　　我无法再多做思考，也不会去想是不是可以让它变得更好，这就是23岁的我尽了最大力气所能做的。在纷扰的思绪中理出一条脉络，为那些人、那些事套上时间轴，在某种程度上，等于我再次踏过那些土地，跨过那些边境，与那些人的眼神交会。为梦想而努力，这样，人生才会毫无遗憾。

目 录 CONTENT

Start Off
出发

关于自我　　路过这个世界，为遇见更好的自己　　2
关于旅行　　一个人旅行，寂寞吗？　　4

On the Road 1
冲击与反思

关于国境　叙利亚　　折腾到死的过境　　8
关于战争　约旦　　差点逃离不了暴乱的叙利亚　　14
关于隔阂　埃及　　开罗的怒吼与哭泣　　18
关于语言　苏丹　　爱是世界唯一共通的语言　　22
关于虚实　埃塞俄比亚　　那些在路上帮助过我的人　　26

I

关于挑战 埃塞俄比亚　　每天都是挑战，只要再勇敢一点点　30
关于选择 埃塞俄比亚　　一场成年礼引发的挣扎　36
关于恐惧 肯尼亚　　染上疟疾，两颗药丸决定我的生死　40
关于生命 肯尼亚　　活着好好，好好活着　46
关于逃离 肯尼亚　　现实与梦想之间　52
关于沟通 乌干达　　追赶一路，只为用英语跟我打招呼　54
关于拥有 乌干达　　舍不得丢掉的不是物品，是回忆　58
关于勇敢 卢旺达　　之所以变得勇敢，是因为勇敢是唯一选择　62
关于帮助 卢旺达　　扶别人一把，对站得稳的人来说不算什么　64
关于计划 尼泊尔　　没有计划就是最好的计划　68
关于同理心 中国新疆　　比同情心更重要的是同理心　72
关于想念 泰国　　只有离家才会想家吗？　74
关于宽容 缅甸　　油炸老鼠，你吃过吗？　78
关于改变 印度　　改变，或安于现状　80
关于意外 北极圈　　在北极，差点被冻死　82
关于误解 厄瓜多尔　　谢谢你们，一直证明我是错的　88

On the Road 2
相遇与学习

关于爱 尼泊尔　　陌生女孩给我带来了银行卡　92
关于拥抱 尼泊尔　　世界用最温柔的方式教会我去爱　96
关于快乐 老挝　　人是我看过最美的风景　98
关于记忆 缅甸　　活在别人记忆里的你是什么样子　100
关于修复 中国新疆　　除了说出口的话，没有什么不能修　102
关于重逢 土耳其　　在叙利亚，生命不值得被尊重吗？　106
关于巧合 土耳其　　那些美好的巧合　110
关于爱 伊拉克　　住进库尔德人的家里　112
关于天堂 埃及西奈半岛　　红海，最后的天堂　116
关于海洋 埃及西奈半岛　　他们说我是海的女儿　120
关于停留 埃及西奈半岛　　还没离开就开始想念　124
关于相信 埃及　　陌生人给我过的22岁生日　128
关于再见 埃及　　每一次相遇都是久别重逢　132
关于流动 埃及　　书也在旅行　136

III

关于分离 肯尼亚　　聚散离合终有时，历来烟雨不由人　138
关于社会责任 乌干达　　比冒险更值得骄傲的是保护家园　144
关于温暖 格鲁吉亚　　初到格鲁吉亚的温暖与美好　148
关于了解 比利时　　从电话里的一声"喂"，妈妈就知道我感冒了　150
关于伤害 冰岛　　学会原谅那些伤害过你的人　152
关于末日 斯洛文尼亚　　"拥抱！这里有免费拥抱！"　154
关于信任 芬兰　　他们把我捡回家　160
关于相遇 荷兰　　相遇的机会本身就像发生奇迹般微小　164

On the Road 3
经历与成长

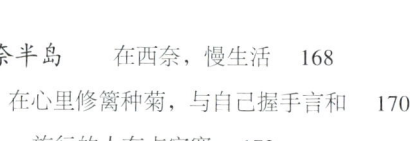

关于生活 埃及西奈半岛　　在西奈，慢生活　168
关于孤单 苏丹　　在心里修篱种菊，与自己握手言和　170
关于寂寞 乌干达　　旅行的人有点寂寞　172
关于故乡 乌干达　　旅人的乡愁　174
关于转折 坦桑尼亚　　我用双脚丈量完东非　178

关于适应 比利时　　穿着短袖回到零下12度的欧洲　180
关于伤痕 比利时　　每一道疤痕都有故事　184
关于未来 北极圈　　人生是论述题，不是选择题　186
关于聚散 荷兰　　机场，吞吐思念的站点　190
关于时间 法国　　跟宇宙借来的私密时间　192
关于谦卑 老挝　　谦卑，才能看到世界更多的美　196
关于想象 柬埔寨　　难道风景只存在于想象中？　198
关于城市 美国　　旧金山，又热闹又寂寞　202
关于文字 南美　　那些文字无法形容的孤独与快乐　204
关于懂得 巴拿马　　接受无法改变的，改变你能改变的　206
关于过往 哥伦比亚　　用忘记哀悼过去　210
关于穷游 哥伦比亚　　旅行，人生的一场修行　216

Return
归　来

关于过渡期　　我的人生，永远在路上　222

Start Off
出发

那些在路上遇到的人啊，他们的灵魂并没有特别高尚美丽，
却让我印象深刻。
生命中有谁不是过客呢？
我一直以为是旅行改变了我，后来才发现，
没有，它从来没有，它只是让我知道，原来我是这样的人。

关于自我

🎒 路过这个世界，
🎒 为遇见更好的自己

下面这个问题让我想了好久，好久。

"如果一个人一开始旅行只是想看看这个世界，很正常吗？"友人问。

"是的。"

"然后呢？"

"……后来的我只是想看到自己。"

我承认一个人旅行本来就不是为了什么伟大的冒险，不是为了什么改变世界，没有什么大道理，我只是想成为自己。

想在充满陌生人的城市中生活，想买一张不知道去哪里的车票，想坐在一间陌生的临街咖啡店看人潮汹涌，想读一本语言完全陌生的书，想吃一种以前闻所未闻的食物，想从菜市场小贩的口中了解一段历史课本中没有的历史，想学一句让人舌头打结的句子，想拍一张因为害怕遗忘而照下的相片，想走一段坑坑洼洼的路，想喝一口来之不易的水，想拐过一段地图上没有标记的弯路，想在笔记本上写下一段10年后还能感动自己的话，想要重复提醒自己人有多渺小……无论想要什么都无所谓，我不在乎自己在哪，这样我就永远不怕迷路，永远在路上。

在乌干达，光着脚丫、穿着破旧洋装的女孩让我更加懂得卑微，是她教会我如何用心沟通。在埃塞俄比亚，有孩子把我的手紧紧握在掌心，直到出汗也不肯放开，这辈子有几个人这样握过我的手？有一段时间我暗暗记住与每个人分离的场景，还有拥抱的温度。那些在路上遇到过的人啊，他们的灵魂并没有特别高尚美丽，他们的灵魂是什么样的，我不评断。因为我清楚了解这也许是我和他们的最后一次谈话，揣测评论没有意义。你就是你，而不是你可以是谁。

生命中有谁不是过客呢？

可不可以不要怀疑，不要对别人的行为下结论，不要猜忌，不要预设，不要捂起耳朵？

我一直以为是旅行改变了我，后来才发现，没有，它从来没有，它只是让我知道，原来我是这样的人。

所以我才疯狂地逃到边境。

那些曾希望自己能在房间里消失1秒的人啊，这个世界绝对有地方可以让你躲起来！

Start Off 出发

关于旅行

一个人旅行,寂寞吗?

一个人旅行,寂寞吗?

关于这个问题,我无法作答,也无话可说。旅行有时候只是为了逃离自己,再跟自己和解。

人们常常这样问起:"一个人旅行,不寂寞吗?"

一开始我总是无法回答,也无法反驳,因为累积在胸口的感受从来不是孤独,但怎么也找不到适当的字眼。几年之后我学会这样回答:"一个人旅行,却从来都不是自己一个人。"一个人旅行,常常会遇到各样的困难,小到去洗手间时没有人帮忙照看包包,大到在生死攸关的时刻无依无靠。一个人旅行,你得学会照顾自己,天冷了没有人叮咛你加件外套,受伤时没有人帮你小心翼翼地清理伤口。被骗了、被偷了,得学会安慰自己,只是钱物而已,人好好地活着就够了。在长达几十个小时的巴士路途上、在荒芜的沙漠中、在语言完全不通的小镇上、在人迹罕至的丛林里,你还得学会跟自己相处，跟自己对话，了解自己，接纳自己，而最终你会学会勇敢。

就是因为如此，那些陌生人的微笑，时而伸出的援手才显得更加珍贵。穿越几千里的颠簸，淋过几场能惊醒整个世界的滂沱大雨，撞见一些陌生的灵魂，当要讲的话还含在嘴里没说出一个字时，他们就看着你说了一句："我懂。"我们的成长背景完全不同，吃的食物也完全不一样，我们称呼"爱"这个模糊的概念时也是在用不同的语言，但他们却一次又一次地对我说着"我懂"。

没有一刻比当时更能感受到归属感。

后来，对于那些一个人走过的路、一个人发现的人间天堂、一个人享受的当地美食、一个人必须面对的困难、一个人对着日记袒露的心事，我都完全不在意了。因为不管走得再远，总会有人懂。以前常想，那些凝视着我的人，他们的心里会是怎样的感受？后来我懂了，当那些人说着"我懂"的时候，他们眼里的那种不可言喻，跟我眼里的都是一样。

一个人不孤独，一个人葆有探索自己宇宙的新鲜感。

当埃塞俄比亚人带着我穿越山谷，登上原以为高不可攀的山顶，置身于那用千万个词汇都无法形容的景色里时，我几乎忘了呼吸。那一刻我们看着彼此的眼，语言失去了意义。

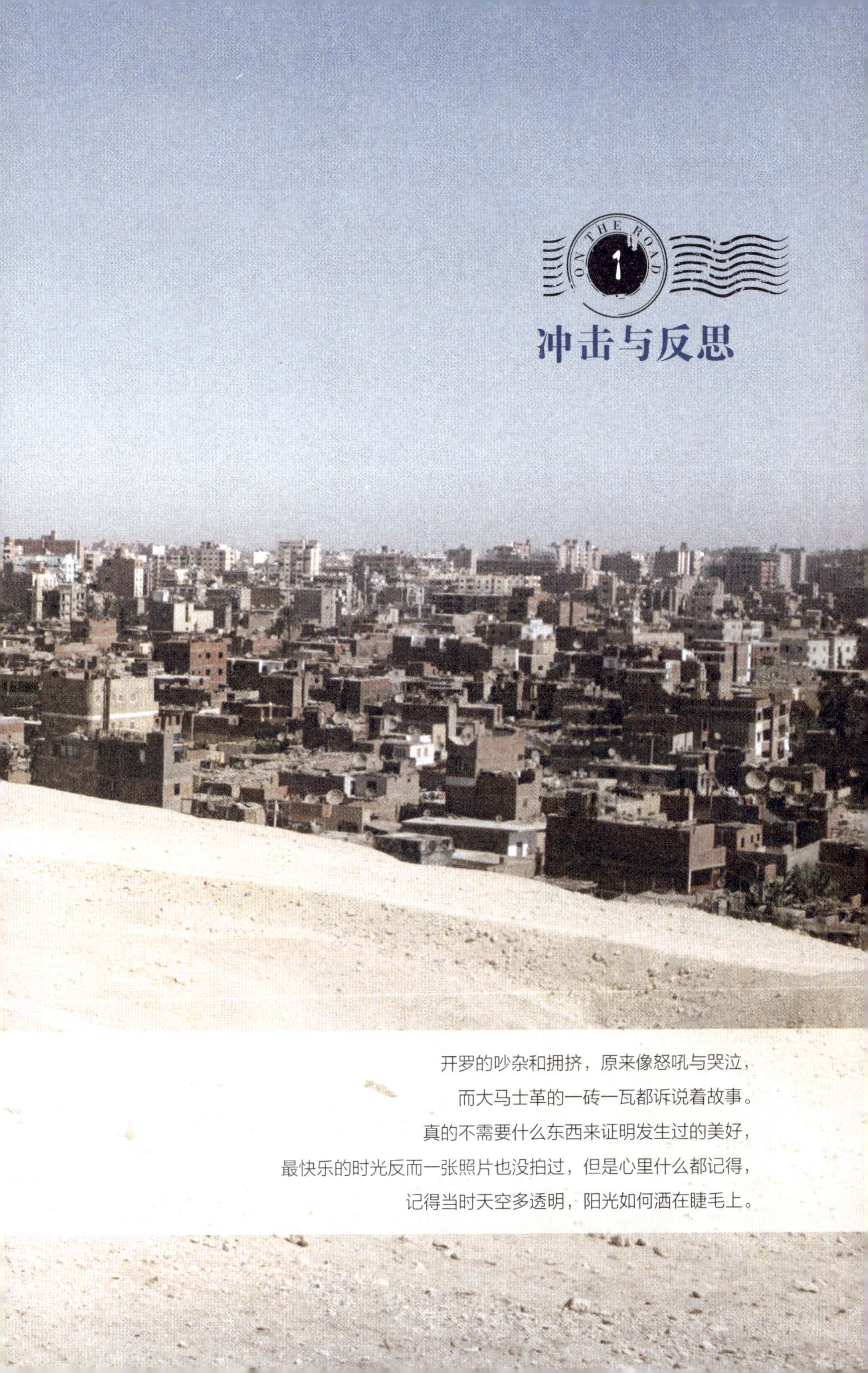

ON THE ROAD 1

冲击与反思

开罗的吵杂和拥挤，原来像怒吼与哭泣，
而大马士革的一砖一瓦都诉说着故事。
真的不需要什么东西来证明发生过的美好，
最快乐的时光反而一张照片也没拍过，但是心里什么都记得，
记得当时天空多透明，阳光如何洒在睫毛上。

关于国境 叙利亚(Syria)

折腾到死的过境

从伊拉克到土耳其时,因为我的签证出现了一些问题,边境海关人员要我再回到伊拉克,到北方的城市摩苏尔(Mosul)重新申请签证。那是我人生中第一次遇到这样的情况:入境一个国家却遭遇了遣返。而我最大的忧虑就是怎么去摩苏尔这个世界上最危险的城市。在伊拉克的日子,我只是待在北部的库尔德自治区,相较之下那里很安全。而摩苏尔三天两头就有爆炸案,外国人被绑架的事情更是常有所闻。我的亚洲脸孔和身后的背包,让我怎么也说服不了自己可以在那里安全行动。

四处询问未果,几个当地人知道我要去摩苏尔后,连忙摇着头说"万万不可",他们告知我要去那里的唯一方法是先租借防弹武装车,再雇用保镖和司机。我只能苦笑:为了一张纸,居然需要冒着生命危险,乘坐防弹车去一个人人避之唯恐不及的地方!

我第一次感受到这条由种族、历史,也许还有鲜血交织出来的被人们称为"国界"的分隔线,是多么冰冷而无情!

我把护照翻到土耳其签证那一页左看右看,明明没有问题嘛,到底哪里出了差错?为什么他们不让我跨过那条线?我抱着姑且一试的心态打电话给朋友,请他与土耳其驻台办事处联系,告诉办事处的人员我被困在伊拉克的边境,而海关人员给我的唯一选择是前往世界上最危险的城市重新办理签证。

翌日一早,土耳其驻台办事处传真边境海关,向他们解释我的签证是没有问题的。随后,我孤注一掷地回到那里,他们看着昨天刚被遣返的我,拨了几通电话,填写了一些数据后,便在我的护照上盖了章。

我不能理解的是,前一天的我和第二天的我没有什么不同,我因一张纸被拒绝,又因一张纸被接纳,还差点为此冒了生命危险。在国界面前,我似乎不是一个有思考能力、有情绪感受的生命体,而只是一本贴着照片的护照。

然而不久后,我又一次遇到这样的情况,比想象中来得还快,我再次感受到国界线的冰冷无情。

从土耳其到叙利亚的前一天,我感冒发烧,不停地呕吐,但我还是决定翌日一早出发去叙利亚。我走到街上向路人打听:"请

问叙利亚怎么走?"路人还真给我指明了方向。没过多久来到边境,土耳其海关在我的护照上盖了出境章。我看见在土耳其与叙利亚两国之间隔着一条约100米宽的道路,道路上黄沙滚滚,犹如一片荒漠,在那条看不见的国界线上,双方的国旗同时在空中飘扬。

"阿勒颇（Aleppo）和大马士革（Damascus）周围发生了一些暴乱,很抱歉我不能让你入境叙利亚。"海关人员面无表情地告诉我。

"但是我已经离开土耳其了,没办法再回去,我只是过境叙

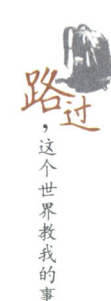

利亚去约旦,不会待很久的。"我试着向他解释。

他耸耸肩,一副无能为力的样子。我知道他只是奉命行事,也了解此时此刻入境一个即将爆发内战的国家是不合时宜的,但是我别无选择。

我身在两国之间,无法往前也无法退后,困在一个哪里都不是的地方。

那天的气温是44摄氏度,我一直流着汗,T恤没有干过。身上没有食物,水瓶里的水一滴不剩,我坐在那条看不见的国界线外,等了8个小时,看着来往出入国境的人们和车辆,凭着一张纸或是一本护照,来去自如。

等到最后,有个海关人员走过来拍拍我的肩膀说:"不要等了,

他们不会给你签证的。"

我回答说:"我知道,但是我已经没办法回头了,如果不能入境叙利亚,我就会被困在这里。"他看着我什么也没说就离开了。

半小时后,他重新回来,递给我一个袋子,里面有矿泉水和果汁,还有一些零食。更重要的是,他居然帮我要到了签证!我不断地点头道谢,谢谢水、谢谢食物、谢谢那张让我在烈日下等了8小时的纸。之后,他带着我穿越了那条看不见的国界线,给我指出火车站的方向,并嘱咐我一路小心。

那些看不见的国界线依然真实且毫无妥协地存在着,它们冰冷无情且毫无商量的余地,而我仍然只是一本贴着照片的护照。

关于战争  约旦（Jordan）

 **差点逃离不了暴乱的叙利亚**

叙利亚的大马士革是中东最美的城市之一，人民友善热情，是一个不消多久就会让人爱上的城市。我抵达叙利亚时，只觉空气中弥漫着一种不寻常的气氛，整个城市的网络都瘫痪了，暴动的势力正在城市外围凝聚，沟通和传递信息不再像以往一般便捷，每个人都能从空气中嗅出来，有什么事正在发生，或者即将发生。

那个星期五的下午，我正准备离开叙利亚前往约旦的首都安曼（Amman），辗转于一间又一间的跨国巴士公司间，一次又一次碰壁。他们都说："票卖完了，改天再来。"除了我之外，巴士站上还有许多携家带口的叙利亚人，他们正和我一样为了车票四处奔走。就在我打算放弃，计划在大马士革多待两天时，最后一家巴士公司的服务员告诉我刚好还剩一张票。而在我身后排队的人都被告知票已售罄。

我当时没有想太多，上车后，我很快随着公交车有规律的晃动沉沉入睡。入境约旦时，当看到那些叙利亚人的行李多得像搬家一样时，我很疑惑，但也没有多问。乘坐长途巴士让人疲惫不堪，抵达安曼时已是深夜，我没有写字也没有阅读，就这样睡着了。

第二天一大早，我兴奋地踏出旅馆门口，想对这个城市探个究竟。我在市集中游荡，在香料店里穿梭，或者挑一个安静的角落坐下，看清真寺里虔诚的信徒进进出出。正值中午时分，果汁店的老板邀请我去他店里喝点东西，他问我是哪里人，从哪里来。

"我来自中国台湾，昨天刚从大马士革搭车来。"我答。

"你开玩笑吧？"他不相信。

"开玩笑？ 没有。怎么这么说呢？"我问。他没有回答我，转过身去打开电视机。我盯着屏幕上的CNN新闻频道，听着主播一字一句地说，就在昨天，我离开大马士革的那天，那里发生

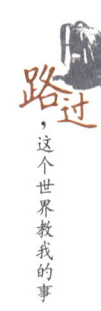

了大规模的暴动。我盯着电视画面一句话也说不出来。那些当时无法理解的巧合,现在似乎都有了解释。

我记得大马士革有多美,我记得城市的一砖一瓦都诉说着故事,我记得清真寺的祷告声如何在整个城市流动,我记得面包店老板的笑容有多温暖,我记得那些小巷子的角落里满是历史的痕迹,我记得那些穿着伊斯兰教服装的女孩对我的 T 恤和牛仔裤有多感兴趣,我记得自己走在大马士革的街头时有多快乐。

难道我能做的只有心疼?

亲爱的大马士革城,希望你依然平静,依然美丽。

前往埃塞俄比亚的前一天晚上,
他们在我的袋子里放了饼干,
说搭公交车要4天,别饿着了。
在那些日子里,语言是既陌生又熟悉的工具。
我想无论这个世界上有多少人,
唯一共通的语言就是爱。

关于
隔阂
／埃及（Egypt）

 开罗的怒吼与哭泣

开罗（Cairo），北非最大的城市，拥有1 700万人口，车多，走在路上总会被喇叭声吓到。人们都说开罗很忙碌，连停下来喘息的时间都没有。不知不觉，我自己也成为了这个城市的一部分。

这是我第三次来埃及开罗。

在我住的旅馆，下楼右转便是杂货店；搭地铁到中央车站，从左边出口出来到得最快；圆环右边有一家书店；买水果不用问多少钱一斤，你可以在小店的厨房里来去自如；过马路永远不用等红绿灯……看着来来往往的背包客每天拜访那些必去的

知名景点，我自己却只是喝了两杯咖啡、写了些无关紧要的文字而已。

但我终究不属于这里，不习惯跟这里的人吃一样的食物，喝同样的薄荷茶，见面或告别时说萨拉姆（Salam，阿拉伯语，原意为"和平""平安"）。我说自己不属于这里，不只是因为长相、语言与文化的不同，更多是因为一种永远无法感同身受的心灵隔阂……

我每天都要经过解放广场,这里的一切看起来那么平静,我以为再也感受不到革命的气氛,但是却听到有人说:"其实革命才刚开始,就像自己躺在一张床上,怎么躺都不舒服,想说算了,有地方睡就好,等到有一天把床板掀开,才发现床下的世界满目疮痍,而我们才刚掀开床板而已。"

还有很多人说:"新政府刚上任一个月,旧政府时期的既得利益者还在反抗,他们通过搞很多小动作让人民觉得换了新政府生活并没有更好,最近总是动不动就停电、停水,不会预告水电什么时候停,也不会告知什么时候来。"

"有的人一个月赚50美金,有的人一个月赚30 000美金,有钱不是罪,只是怎么可以在别人挨饿时,自己独饱一餐?"

"我们要得太多了吗?我们想要的不过是工作机会。你知道很多出租车司机都是大学毕业吗,你知道我是作家,而他(指着另一个工作伙伴)是音乐家吗?很多人都对我们的作品赞不绝口,但是我们现在只能在旅馆打扫房间,没有任何发展机会。"

……

每次我只能静静地听着,完了之后说一句:"It takes time.(这需要时间去改变。)"

这就是为什么我觉得自己不属于这里。

对历史的了解不够深入,对未来没有参与能力,就连对当下也无法感同身受。开罗给我的只有零碎的画面和只字片语的感悟,它们被串成一条手链,在我行走时叮当作响,提醒我它们不是我身体的一部分，它们仅仅是我旅途中的装饰品。

开罗的吵杂和拥挤，原来像怒吼与哭泣。

是的，这需要时间去改变，一切都会好起来的。

关于语言　苏丹（Sudan）

 **爱是世界唯一共通的语言**

去苏丹之前，我先去了埃及开罗的台湾经贸办事处，索取申请苏丹签证需要的文件，而他们却给了我中国台湾驻沙特阿拉伯办事处的电话。几通电话之后，我得到的回应都是不要前往。然而我不但坚持要去，还毫不犹豫地在他们的要求下签了切结书，意即他们已经对我进行了规劝，如果我在苏丹发生意外，他们不负任何责任。

签字的时候，我满脑海都是妈妈伤心的模样。

刚到苏丹时，我常常光着脚板在沙漠里走路，脚皲裂得很厉害，每踩一步，脚后跟都会渗出血。日夜温差超过20摄氏度，白天汗水湿透整件衣服，晚上气温骤降，刮起大风。

我感冒快一个月了，不停咳嗽，有几次觉得肺都要被我咳出喉咙。我不是没有想过自己到底为什么要这样对待自己，但一闪而过的念头马上又被推翻。

难道是为了证明我一直以来相信的事？

我在苏丹没有遇到其他旅人，网络上的信息也非常匮乏，只能边走边问，常常搭错车，去到一些哪里都不是的地方。那个傍晚也一样，我又搭错车了，不知道自己在哪里，只能站在沙漠的公路边拦便车。货车司机看到我停下车来，他一句英文也不懂，我们只能比手画脚，边比边笑，然后听着轮胎压过柏油马路的声音，以缓慢平稳的节奏驾车穿过无边无际的沙漠。他在休息站停了下来，递了一罐瓶装水给我，而他自己却喝从水龙头流出来的水。

我们还需要用语言来沟通吗?

想想在苏丹的日子,我只有一次真正花钱住宿。那次他们在沙漠中放了几张床,没有屋顶,我们就像置身于超现实的画作或前卫的行为艺术中,每个人都在银河的覆盖下安然入睡。在其他日子里,我被努比亚人邀请到他们的家里。虽然我只会几个简单的阿拉伯文单词,但当他们听到我努力地挤出这几个单词时便开心得不得了。

他们和我们一样好客。

在去往埃塞俄比亚的前一天晚上,他们在我的袋子里放了饼干,说搭公交车要4天,别饿着了。他们不需要通过任何言语的说教就让我明白了最重要的事。那天有个小男孩把自己的饼干分了一半给我,然后再把剩下的一半跟另一个人平分。我把整块面包给他,他在吃之前先剥了一半给另一个小男孩。

在那些日子里,语言是既陌生又熟悉的工具。我想无论这个世界上有多少人,唯一共通的语言就是爱。

关于
虚实

埃塞俄比亚
(Ethiopia)

 那些在路上帮助过我的人

我有时候会怀疑自己是不是真的经历过那些场景。

离开苏丹之后的几天,我一下子从沙漠气候穿越到草原气候。在埃塞俄比亚4 000米的高山上,我因为鼻塞,只能用嘴巴呼吸。随着海拔的上升,我几乎呼吸不到空气,每走几步都需要停下来休息,大口喘气。那天遇到一对波兰夫妻,他们问我:"Are you okay?"我还没来得及回答,波兰爸爸就把外套脱下来给我穿上,波兰妈妈则马上拿出鼻滴剂递给我,又问我要不要吃缓解高山症的药。

我只能一直说着:"谢谢。"波兰妈妈揉揉我的头说:"你和我女儿一样大。"

那一刻,我突然好想妈妈,好想打电话给她,告诉她我很爱她,偏偏手机一点讯号都没有。

后来在两座山之间的河谷中,我又遇到一个同样善良的日本男孩。当时我水瓶里的水一滴不剩,男孩什么也没说就把我的水瓶拿了过去,然后从自己的水瓶里倒了一半水给我。我给了他一条巧克力,他同样什么话也没说,然后我们一路结伴登上了山顶。

那个夜晚气温低至零下5摄氏度,埃塞俄比亚人煮了姜茶给我喝,快要冻僵了的我好像重新活了过来。我们围着营火聊天,虽然烟呛得每个人眼泪直流,但觉得好温暖。

第二天清晨5点半,我被世界叫醒。走到无人的山崖边,看见太阳渐渐升起,暖黄的光线仿佛缓缓流动的蜂蜜,染黄了

整个山谷。回头看一两米外,几十只狒狒正好奇地盯着我,但很快它们又三五成群地跳过山谷,渐渐远去,我感觉自己仿佛在梦里。再撇过头看,一匹野马远远地看着我。我站在悬崖上,忽然觉得就这么跳下去也无所谓了,全世界好像只剩下我一个人,像梦一样。

那个早晨,我坐在4 000米高的悬崖上莫名地忧伤,哭得喘不过气来。

我知道其实旅行没有那么辛苦。
当看到一个非洲小孩光着脚丫跑过崎岖不平的山路时,
只是被鞋子磨破脚的我有什么好抱怨的呢?
我知道人有多脆弱。
我们应当珍惜自己所拥有的。

关于挑战

埃塞俄比亚 (Ethiopia)

 **每天都是挑战，只要再勇敢一点点**

每天都会遇到挑战，不管是生理上还是心理上，每天都会经历急于了解自己又害怕了解自己的时刻。我永远记得我人生中经历的那些第一次。

第一次遇到困难——我不断在心中对自己默念：没事，没事，你不会有事的！同时紧紧握住自己的手腕，直至泛红，然后心中愈念愈大声，害怕得几乎要哭出来。

第一次毫无意识地入睡——那天晚上，我想赶在断电前借着微弱的光线写下一点文字，但手握着笔一个字没写就睡着了，第二天醒来后什么都不记得。

第一次真正知道什么是物资匮乏——手里握着钱，饿了却没有地方可以买到食物，生病了却没有地方可以买到药。

第一次产生一有网络马上结束旅行订机票离开的想法——虽

然这想法只维持了5分钟，但前所未有的强烈。

第一次全身过敏起红疹——搭上塞了20个人的9座小巴士来到小镇，然而跑遍整个小镇也买不到药。第一次失控般地大吼大叫大哭，吓坏了所有人。

也依然记得那些让自己懂得珍惜和开心的小事。

我开始为了晚上可以洗澡而开心，为了可以不用吃无味的面包和馒头而开心，为了有光线写字而开心，为了在交通工具上有地方坐、不用蹲而开心，为了有一格信号可以向家人报平安而开心，为了有人能听懂我在说什么而开心，为了看到自己可以更坚强一点点而开心。

在那个没有路灯又迷路的夜晚，在一条看似无止尽的公路上、在人流摩肩接踵的巴士上、在没有人懂的小镇上、在凌晨4点的

交叉路口害怕失温而奋力跑在市中心的路上，一个人不害怕吗？

其实怕死了。每天都在想自己可能随时会死掉，可每天晚上都感谢自己还好好活着。我害怕被抢、被偷、出意外，害怕吃坏肚子、得疟疾、得霍乱、得黄热病，还害怕家人担心，害怕自己太了解自己。

我也知道其实旅行没有那么辛苦。当听到一个加拿大女孩独自骑着单车穿越非洲时，可以搭公交车的我有什么好抱怨的呢？当看到一个非洲小孩光着脚丫跑过崎岖不平的山路时，只是被鞋子磨破脚的我有什么好抱怨的呢？当看到一个一辈子只能吃一样食物的当地人时，家在美食丰富的中国台湾的我有什么好抱怨的呢？不是因为攀比，也不是因为同情，是因为我知道人有多脆弱，我们应当珍惜自己所拥有的。

每一滴水，每一口食物，甚至每一次呼吸的空气，都让我知道自己有多脆弱和多自以为是。

其实，每一个人都可以再勇敢一点点。

关于选择

埃塞俄比亚（Ethiopia）

 **一场成年礼引发的挣扎**

我在埃塞俄比亚南部。

天还没亮，我就醒了，天空的颜色类似于小时候玩的玻璃弹珠——那种放在红色塑料袋里的蓝色弹珠。

我被当地人邀请去吃早餐，他们说今天有不容错过的美食。我一坐下来，看到送上来的是血淋淋的生羊肉，他们居然吃得津津有味，而我只能望"肉"兴叹，文化差异变成一件无法回避的事。

他们说起附近部落有传统的成年礼，我马上问该怎么去，却得知当天没有交通工具可以到达那里。最后是有人要送东西过去，顺道载了我一程。

首先印入眼帘的画面跟电影中的场景一样，人们穿着兽皮，头上别了羽毛，手里拿着号角，唱着传统歌谣翩翩起舞，进行着对他们来说意义重大的仪式——成年者从牛背上跑过，男人必须

鞭打女人的背部,直到皮开肉绽。我在一旁看得瞠目结舌,连呼吸都小心翼翼,生怕打扰了他们。

不久,几辆崭新的吉普车从远处开过来,车上载着许多欧洲人,不知他们从何处得知了这场仪式。他们讲着自己的语言,从车上鱼贯而出,有说有笑,高兴得像出远门郊游的孩子。其实我有点羡慕但又羞于承认,为了看这场成年礼,我从小镇走了8公里来到河边,我难道不想搭有冷气和沙发座椅的吉普车,吃有欧洲风味的通心粉,喝冰凉的矿泉水,听人解说仪式的由来和意义么?

我忍不住观察起这群欧洲人来,却发现他们几乎和我一样,同样的排汗外套、乐斯菲斯背包、厚袜、登山靴,以及不管放在

On the Road 1 冲击与反思

37

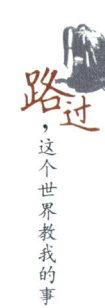

哪儿都显得突兀的相机,我甚至还能听懂他们在说什么。

但我还是羞于承认自己与他们的相同之处,试着不和任何人的眼神相遇。

仪式结束后,他们陆续上车准备离开,其中一辆车在我身边停下,问需不需要搭便车。我垂下眼看着紧紧抓住我的手掌的两个当地小孩,用远超过我想象的时间犹豫了片刻后摇摇头,希望他们在我改变主意之前快点离开。他们摇起车窗,发动引擎,车轮扬起的风沙大到让我看不清他们往哪个方向开走,待尘埃落定后,车队已开到了小镇唯一的连外公路上。穿着登山靴的我和光着脚丫的小孩还在原地,他们还是紧紧抓着我的两个手掌心。

我要赶在太阳下山前再走8公里回到小镇。我知道自己会后悔没跳上车,没向他们要点水,但跳上车的我也许会后悔没有牵

着孩子们的手走回镇上，脑海中会充斥着孩子们在吉普车开走后呆站在原地的画面。

也许我不是善良的人，每天都在自己的思绪中拉扯和挣扎，有点累。

但有些路该走，有些文字该写，有些相遇在未来等待，有些故事等着被叙述，有些问题等着被解答，有些画面等着被发现，以此来印证那些广为人知的道理。

一条只有我会走的路，虽然知道再也不会像哥伦布发现新大陆一样，再鲜为人知我都不是第一个发现它的人；一些只有我会写的文字，虽然矫情而多数时候只写给自己看；一些没有我无法构成的故事，虽然它们不会流传太远和太久；一些除了自己找答案、别人无法帮忙解答的问题，虽然过程总让人心痛……但它们都等着我去探索和征服。

我的思绪和文字都杂乱无章、无从整理，它们排山倒海、前仆后继，常常让我无法喘息，但我依然爱它们。

关于恐惧／肯尼亚（Kenya）

 **染上疟疾，两颗药丸决定我的生死**

等这一切都结束了之后，我才可以静下来好好思考究竟发生了什么。

那是旅行的这些日子以来令我几近崩溃的一刻，在我 20 多年的人生历程中，从没受过比这更大的生理折磨。

初秋，我从埃塞俄比亚穿过边境到肯尼亚，路上遇到的人都说那段路真的糟透了。如果可以，还是买张机票飞过去吧！但不知道为什么，我居然说服了自己，坚持走陆路过东非，心里想着："别人可以，我也可以，如果想走平稳的路、搭舒服的交通工具，我就不会来非洲了。"

一大早过了边境，站在主干道上，我试着拦便车。不久，一辆载满了牛的大卡车停了下来，司机为我腾出角落的空间，不过能够落脚之地拥挤又狭小，需要把窗户打开才有办法呼吸。上路没多久，我就体会到所谓糟糕的路况是怎么回事了，从车窗望出去尽是砾石，颠簸的程度简直让人担心整辆卡车会这样应声解体。摇晃产生的巨响令人感觉犹如躺在牙医的看诊椅上，钻牙齿的声音从耳朵直钻脑门。

在三四十度的气温下，闷热车座上的我竟然开始全身发冷，裹上一件又一件的衣服，最后连睡袋都盖在了身上，但还是冷得直打颤。我当时想自己应该是感冒了。在埃塞俄比亚南部的那段时间，能洗冷水澡已是非常幸福的事了，热水澡根本是奢求，于是我的脑海里又出现了两天前晚上那桶又冰又冷的水。

正在我疑惑的同时，额头又开始发烫，拿出体温计一测量，连自己都不敢相信上面的数字竟然是40。我头痛欲裂没办法思考，注意力无法集中，吞了两颗退烧药也完全不见起色，只觉得后脑像是被铁锤重击过，脑袋如同泡在滚烫的烧杯里不断被搅拌，再被用尽全力地甩在坚硬的石砾堆上，一次又一次。

我不记得过了多久，体温又开始下降，全身打寒颤，冷汗一滴一滴落下，身上的每块肌肉都像是被灼伤了一般无法动弹，连拿起水瓶都似乎成为了不可能的事。体温忽高忽低，反反复复，在这条看不到尽头的路上，我几近绝望。

我早就应该知道，这不是一般的感冒，旁边的非洲人问我："头痛不痛？想不想吐？肌肉酸痛吗？"他说的每个症状都与我身上的情况吻合，甚至更糟。我知道他想告诉我："你可能感染疟疾了。"但是他不敢说出口。

在空气无法流通的狭小车厢里，我屈膝抱着双脚瑟缩在角落，

指甲深深掐进手臂，无能为力地对自己说着："你会没事的，你会没事的。"几十吨重的大卡车在沙砾上疾驰，行驶产生的巨大噪音在空旷的地面上显得好孤独。不管我哭喊得多么用力，都不会有人听到的。后来我又反复烧了四五次，也许更多，但已经数不出来了，有那么一瞬间，我希望自己就这么晕过去算了。

司机拍拍我的肩膀说："天色太暗了，没办法继续开。"而我那时已经有点神志不清了。车上的人陆续下车，大家要在一间简陋的小木屋里过夜，天一亮再继续赶路。我爬下车后连路都走不稳，坐在木板上想好好深呼吸一下，却发现呼吸困难，不管多么用力吸气、吐气，好像氧气始终进不到肺里。原本还骗自己说要好好睡一觉，明天醒来就会没事了，那时我吓得不敢睡，怕睡着就醒不过来了。

几个小时后，我被强烈的呕吐感逼得不得不离开木板床，两脚使劲站起来但又马上瘫软在地上，只能用尽力气爬出门外，吐了一地又酸又苦的胃液和胆汁，吐到整个身体仿佛被抽干了一样，但呕吐还是没有停止。后来我坐在地上大口喘气，再也无法骗自己——我真的感染了疟疾。两眼盯着一地鲜黄的胆汁，摸着不断发烫的额头，我不停问自己："为什么这么不小心？"当时我心里非常愧疚，觉得对不起所有关心我的人，脑海里出现的都是妈妈伤心焦急的表情。

最佳的治疗时间就这样一分一秒地溜走，司机说最快也要明天才能到达有诊所的城镇。那时我才真正深刻体会到什么是医疗资源缺乏的无可奈何。天刚亮我便向司机坦白自己生病了，必须尽快去医院，耽误治疗可能会有生命危险。我不断请求他把车开快点，他盯着那条看起来似乎没有尽头的路，告诉我他会尽力。

接下来在卡车上的那段时间，我已经不记得了，就好像从脑海里按了删除键，我不知道自己是怎么度过的，除了痛苦，无止尽的痛苦，其他细节我一点儿也想不起来。

仿佛过了一辈子那么久，司机终于停下车告诉我前面有家诊所。我摇摇晃晃地走进去，尽管它看起来破旧不堪，但我仍然把它当成了救命稻草，一脚踩进去就对护士说："我得疟疾了。"她马上帮我做检验，20分钟后，她说："怎么等到这么严重才来治疗？"虽然早就有了心理准备，但是当确定自己真的感染了疟疾时，我还是很难接受。

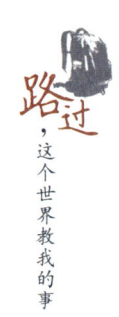

医生慢慢给我解释治疗疟疾的过程，不断告诫我药物的副作用很强，要撑过去。

很快他给我开了药。原来两颗黄色的药丸可以决定一个人的生死。

等到烧稍微退了一些之后，我决定继续往南去肯尼亚的首都内罗毕（Nairobi），它是东非最大的城市之一，有非洲最好的医院。在车上，我还是忍不住想：为什么是我呢？

那个晚上从拥挤的小巴士下车后，我随便找了间便宜的旅社，躺在床上后简直似晕过去了一般，翌日一早醒来，发现鞋子还穿在脚上，原来自己当时连脱鞋子的力气都没有了。事后回想起来，那天看了医生又赶到内罗毕，还走了几个街口找到住宿的地方，把自己安全无恙地丢到床上而没有在任何地方昏倒，真的是很不可思议！

有些路该走，
有些文字该写，
有些相遇在未来等待，
有些故事等着被叙述，
有些问题等着被解答，
有些画面等着被发现，
以此来印证那些广为人知的道理

On the Road 1 冲击与反思

关于生命 肯尼亚（Kenya）

 活着好好，好好活着

到达内罗毕的第二天，早上起床后，每件简单的小事都让我开心不已，烧退了许多，头痛也没那么剧烈了，终于可以吃几口食物而不会反胃，有力气可以盥洗，可以走到超市买食物。虽然还是不舒服，但随着药物的生效身体正渐渐好转，当时真感觉自己重生了一般。

只是当时我完全没有想到，治疗疟疾的药物有如此强大的副作用，它会让人肌肉酸痛、头痛、呕吐、疲倦、失眠，躺在床上，我的身体疲倦不堪，而眼球却咕噜噜地转了一晚上，并且一直觉得左脚有些酸痛，我心想："这应该是药物的副作用吧，早点休息就好。"但翻来覆去怎么也睡不着，只感觉左脚的疼痛愈来愈强烈。也许是那几天对持续的疼痛有点麻木了，我告诉自己忍一忍就会过去的。

好像只睡了1个小时，天还没亮我就醒了，打算下床去厕所，没想到一起身就因一阵刺痛又跌坐回床上。我开了灯,眼睛直直地盯着左脚,想喊出声但喉咙却好像被噎住了。我看见自己的整只左脚都变成了紫红色,肿得有两倍大,碰一下,皮肤是滚烫的。我跳起来想确定自己还能不能走路,每踩一步,我的眼眶里都蓄满了泪水。此刻,除了疼痛,我更害怕的是未知的将来。我心里十分清楚这不是疟疾的并发症,一定是我不小心感染了其他病毒。当时独身一人,我实在不知道要怎么去接受自己某天醒来后没办法走路这件事。

我拖着脚,一跛一跛地走进东非最大的医院。挂号后,护士给我量了体温和血压,把我留在诊间等医生。

在漫无止境的等待里,我不断地搓揉着脚趾头,担心自己会慢慢失去知觉,焦虑程度达到了临界点。

忽然医生唰的一声拉开诊间的门帘,开口问我怎么了,我只吐出了两个字就无法克制地号啕大哭。这几天发生的一切把我逼到了极限,感染疟疾已经很不幸了,治疗期间又忽然没办法走路,我会不会因此而失去左脚?要怎么向关心我的人交代?

医生耐心地看着我歇斯底里地大哭,皱着眉头检查我的脚,然后告诉我得了蜂窝性组织炎。我什么也做不了,只能相信他,相信命运。过了一会儿,护士来帮我打点滴,我看着那些透明液体一点一点流进自己的身体里,觉得人实在是太脆弱了。当自己得了有死亡风险的疾病,当发现自己有可能没法走路了,当我一个人在非洲时,我再也忍不住,眼泪不停地流淌。

On the Road 1 冲击与反思

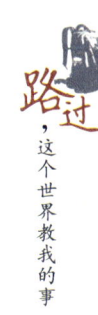

之后又做了一次疟疾检查。我坐在病床上,两眼盯着一包包花花绿绿的药,这几天吃的药比吃的食物还要多。直到护士告诉我检查报告显示"血液里已经没有了疟原虫",一颗悬着的心才放了下来。摸着湿透的枕头,我一句话也没说,任凭泪水滴在充满消毒水味道的枕头上,这些泪水教会了我许多事。拿着装满药物的背包呆坐在医院的大厅,这一切到底是怎么发生的,我毫无头绪,一切都像是一场醒不过来的梦。

回到住宿的地方,几个日本人关心地询问:"还好吗?"我勉强挤出一丝微笑说:"都没事了。"

都没事了。这几天所经历的一切,最后只用一句"都没事了"就带过去了。

我不断想着"This too shall pass(这一切都会过去的)"的意思。人的确很脆弱,但也因此证明了勇敢和坚强有多可贵。我不记得自己到底有几天没好好睡觉了,只记得吃下去的药比食物还多,拖着感染了蜂窝性组织炎的脚东奔西跑,疼痛之外更多的是心理压力,但我撑过来了。是的,This too shall pass。

接下来的几天,我逼着自己待在床上,好好治疗,好好吃饭,好好睡觉,好好呼吸。想了很多,也写了很多。

每件事的发生都有其意义,我不是没想过自己可能会死,但真的面临死亡时又完全是不一样的感觉,那样一种无法形容的恐惧几乎被刻在了我的脑海里。

原以为我是在独自一人面对那些日子,事后想起来,那天在医院等待检查报告，在病床上哭湿了整个枕头时，抽血的护士问我怎么了，我几乎语不成句，上气不接下气地说："我不能走路了，忽然就不能走路了，我该怎么办？"

她摸摸我的脚说："不要担心，我会帮你，这就是为什么我今天早上要离开家门，因为我要来这里帮你。"温柔的声音一下子就让我静下心来。

一早醒来，我发现桌上放着一碗生菜沙拉，是一对日本夫妻特别留给我的，他们知道我没胃口，一整天没吃东西，担心我没有体力。

每个人看到我都问："你还好吗？""昨天睡得怎么样？""今天觉得如何？"还有许多人通过网络一一向我询问："现在怎么样？好点了吗？"那些虽然相隔千里却从不间断关心我的人，是促使我不断往前走的力量。没有他们，我可能会被击垮。

看着自己在笔记本上用颤抖的手歪七扭八地写出"活着好好"，感觉好真实。

可以用脚走路真好，可以自由呼吸真好，可以自行打理生活真好，可以用眼睛看世界真好，可以说话表达感受真好……活着，真的很好。

如此简单的道理，我以前怎么不懂？

好不容易到了可以洗澡那天，看着清洗过身体的水变成了浊浊的咖啡色，才意识到这段时间以来，我连盥洗都没办法完成。想到脚痛得在床上动弹不得时，上厕所这么基本的生理需求对我

来说都成为了最困难的事,有次甚至还没走到厕所就感觉内裤湿湿温温的。想到自己渐渐意识到感染了疟疾,在没有医疗资源的地方,内心在意的都是我爱的人怎么办,这时才懂得爱自己也是爱别人的一部分。想到脚稍微好转的那天,我慢慢走去超市买了一些食材,回来时觉得自己还走得动、吃得下,是多么幸运的人啊!

　　我没有悟出什么大道理,只是发现自己早该懂得的事情原来这么多。一直以来以为自己知道的事情很多,其实根本就不了解,逞强与坚强是两回事,我的坚强就是承认自己的脆弱,知道自己的极限在哪里,不再为此自责懊恼。每个人的短处自有其他的长处来弥补,我们都一样。

　　看着身体一天天好转很让人欢呼雀跃。在感觉到健康状况大幅度改善那天,我决定前往南方的草原去看野生动物、呼吸新鲜空气。在一片让人心胸开阔的草原上,小狮子依偎着母狮子,几千只羚牛为了寻找水源而集体大迁徙,小象加快脚步跟上母象,长颈鹿伸长脖子咀嚼枝头的嫩芽……这一个个的画面让我顿觉生命的伟大。

　　下了场大雨,土地泥泞,空气湿润,Hakuna Matata（非洲谚语,意为"无忧无虑"）,我远远地看到乌云渐次散开,鼻腔里都是雨后的青草香。马赛族人为我戴上缀着狮子牙齿的项链,说它会带来勇气和好运。是的,生命真的会带来感动,无语的感动。

　　庆幸自己还有感动的能力,对于所拥有的一切,我衷心感谢!
　　活着好好,好好活着。

那几天，
我们在草原上走来走去，
吃简单的食物，在草地上看书，
看着远处的斑马、牛羚、长颈鹿、
大象等几万只动物往同一个方向奔跑，
感觉十分美好。

关于逃离 肯尼亚(Kenya)

 **现实与梦想之间**

我在东非的那年秋天,正好遇上动物大迁徙。

我花了很长时间才到达目的地。那天下了一场很大的雨,我住在马赛人(Maasai)的家里,他们在没有灯的房子里点起了火,烟雾在整个房子里弥漫。他们一边生火一边告诉我,这房子是用牛粪饼盖起来的,十几年后就得重盖。他们对房子的概念跟我们完全不同,对于他们来说,房子就是一个暂时性的东西,生不带来死不带走。

远远的,那个印度裔的美国人朝我们走来。他弯下腰探进门里,我们对他点头打招呼,他也被邀请了进来。

"你是怎么来到这里的?"他问我。

"搭乘不同的交通工具,花了几天时间才到。"我说。

"有交通工具可以到这里啊?我是雇用了一个司机跟一台吉普车才到这的,价钱比我想象的贵多了。"

我知道他也许一开始是想问我:"你怎么有钱到这里来?"——因为我当时穿着破旧,但他想问又不好意思问。

为了不让话题中断,我倒问起他来:"你怎么会来这里?"

他答:"我在美国从事IT工作,非常忙碌,但每年都有两个礼拜的假期。每年我都会利用这个假期,去一个很远的地方,完全把工作抛在脑后,就只是安静地待着,看书、吃当地的食物,把自己沉浸在自然里,好好放松。"

"我们不就是这样吗?"那个肯尼亚人边生火边看着我说。他的英文并不那么好,只能说出几个简单的单词,但是我明白他的意思。我喜欢把他的句子解读为:"他说的那些事情,不就是我们一直以来在做的吗?"

那几天,我们在草原上走来走去,吃简单的食物,在草地上看书,看着远处的斑马、牛羚、长颈鹿、大象等几万只动物往同一个方向奔跑,感觉十分美好。

之后我又跟那个美国人聊了许多,他才知道我既没有工作也没有钱。分开后一年多,我一直没有他的消息,最近一次联络上时,他问我:"你在不在台湾啊?我今年把工作辞掉了,在亚洲待了快半年了,下一站是台湾!"

其实我想说,与其期待一个可以让你逃离现实的假期,倒不如追求一种你想拥有的生活。

关于沟通

乌干达（Uganda）

 追赶一路，只为用英语跟我打招呼

在生活中，我们似乎很少听到别人问起"你好吗"这句话。虽然用英语沟通时常说"How are you doing"，但多数时候，我们并不是在真心地关心别人好不好，反而像是在履行一种形式，用来展开话题或填补一段对话的空白和尴尬。

在公交车上遇到的乌干达人带我走进他们的村落，村里人纯朴友善，大多数人不会讲英语。我们经过一户人家门前，有个小女孩穿着泛黄的粉红色洋装躲在妈妈身后，她盯着我，眼睛里充满了好奇。

"Hello，how are you？"我对她微笑，试着用简单的英语打招呼。没想到她愣了数秒之后，一溜烟地跑远了。她的家人抱歉地看着我，说她很少看到外国人，非常害羞。我没有特别沮丧，只是感到有些可惜。

太阳快下山了，我们缓缓爬过小山丘，宛如在追逐夕阳一般，它往下沉一些,我们就再往上攀爬一些。十几分钟后,我听到身后响起一阵"咚咚咚"的奔跑声,声音离我越来越近。回头一看,原来是刚才那个小女孩光着双脚在碎石路上朝我跑来。我一时无法反应,直到她气喘吁吁地在我面前停下,拉起我的手,像是鼓起勇气一般地说:"I am fine, how are you?"这时我才知道她刚刚是跑去问其他人怎么用英语打招呼去了,回到原地发现我已经离开后,她便卖力沿着我走过的路追来,只为了对我说一句"How are you"。

我不知道该如何形容当时的感受。

之后,我决定认真对待每一次谈话,认真地听,不敷衍了事,保证自己说出的话都是真诚的。我经常问问身旁的人好不好,因为我真的想要知道他们过得好不好,因为真的在乎。

这是那位乌干达小女孩教会我的事。

关于
拥有

乌干达（Uganda）

 **舍不得丢掉的不是物品，是回忆**

我的毛衣掉在了刚果丛林里。

那个星期天早晨，我去了村里的学校，教室中的木桌上刻着孩子们的梦想，校园里却空无一人，但我能在脑海里想象出他们嬉笑奔跑的画面。孩子们都在教堂做礼拜，黑板上留着几道数学公式，一笔一画，深深浅浅，那是他们学习和认识这个世界的轨迹。

走出学校，看见屋舍外有几只小羊在悠闲地散着步。几个孩子紧紧盯着我，没有恶意，只是看着，他们应该是一家人。我指指相机，礼貌地表示想帮他们拍照，他们点点头，肩并肩，手牵手，露出很美的微笑。我快速按下快门，说了一声谢谢之后离开。

顺着来时的路往回走，踏过即将迎来雨季的丛林。冬天要来了，刚果边境的傍晚吹起了微凉的风。我跟路旁的小猪打了个招呼，拍了拍它卷卷的小尾巴，赶在夜幕降临前，回到了帐篷。

等我发现自己把唯一一件毛衣掉在丛林里时，外面已经漆黑

一片了。在一间商店都没有的地方,即使有钱也买不到保暖的衣服,那晚我裹着睡袋睡着了。

第二天醒来时,我打消了找回那件黑色毛衣的念头,虽然它陪我走过好多地方——那是在埃及的时候犹豫了好久,好不容易说服自己真的需要一件毛衣,才心不甘情不愿地出钱买的。它陪我度过了很多夜晚,也参与了一些故事,那种失落感不是因为金钱的损失,而是觉得一部分的记忆随着它消失了。

收拾好行李,我便出发前往丛林附近的小镇。那条唯一的道路泥泞不堪,有好几次,我的双脚深深陷进泥巴里,动弹不得。正值中午时,远远看到路上有几个孩子,我拿出包里的水果想与他们分享。一走近,我发现其中一个年纪较大的女孩居然穿着我的毛衣,她应该是在学校附近捡到的吧?我什么也没说,把一根香蕉放进她手里，继续沿着那条路走去。

在几个小时的路途中，我边走边回忆几年前的自己：考上大学的录取通知书，不能丢；第一次搭飞机的票根，不能丢；旅行时买的纪念品，不能丢。似乎我们将所有的东西保存下来后，记忆也就不会丢。但是，物品的意义其实是我们所赋予的。

大学毕业后从学校搬回家整整三大个纸箱，我连胶带都没有划开就带着背包离开了。回来之后，我花了好多天时间，打算好好整理一下以前的自己。除了生活用品之外，其中一个纸箱内满是再也用不上的旧物，那都是一些因为回忆而舍不得丢弃的物品。我一样一样拿起来，触摸、回忆、微笑，后来狠狠心，决定把它们全部丢掉。

真的，全部丢掉了！

常常讶异于我们是多么容易把情感寄托在物品上，后来我旅行就不买纪念品了，背包才是我的家，其他的都属于这世界。那一年时间，我的背包越来越轻，书看完了就留给下一个旅人，不小心落下的衣服就留给需要的孩子，每次都留给别人一些东西，我反而觉得很有满足感。想着那件毛衣被乌干达的孩子穿着，那本陪我走过斯里兰卡的书也许正在陪着别人旅行，心里就更踏实了一些。

真的不需要那些东西来证明发生过的美好，最快乐的时光里我反而一张照片也没拍过，一段文字也没留下来，但是心里什么都记得，记得当时天空多透明，记得阳光如何洒在睫毛上。

"because of"

The road was slippery. It was wet.

⇒ The bell was heard. It was loud.

关于
勇敢

卢旺达
(Rwanda)

 **之所以变得勇敢，是因为勇敢是唯一选择**

我的左脚重复感染蜂窝性组织炎了。

那天过了边境抵达卢旺达，走过几条街后，我开始感觉左脚特别酸痛，虽然心里一直默念着"不可能、不可能"，但傍晚时它肿得和前一次感染时一样大，相同的症状，温热、肿痛，我实在难以接受自己可能又没办法走路的事实。

我躺在床上对着电风扇发呆，除了错愕之外，还是得先冷静下来，想想在这个边境的小村落该怎么治疗自己的脚。还记得不久前同时感染疟疾和蜂窝性组织炎时，我在床上躺了好几个星期，读了不少有关疟疾和蜂窝性组织炎的文章，记下了几种适合的抗生素和止痛药，原以为再也派不上用场，没想到又遇上了。

趁着左脚还没有痛到无法行走，我走到附近的药店，在纸上写下四五种抗生素的名称，希望那里有卖其中任何一种。药店的几位妇女挤在那张纸面前皱着眉头看了好一会儿，再抬起头来看我。卢旺达曾是比利时的殖民地，因而她们能说一口流利的法语，可我一个字也听不懂，只能从她们的肢体语言中读出："这里没有那张纸上的任何一种抗生素卖。"花了很长一段时间沟通，才让她们了解了我想知道这里有哪些抗生素卖。她们把几种药罐排在桌上，我一一写下每种抗生素的名称，再一跛一跛走回旅馆，联上网，搜索那些我毫无概念的药品名称，浏览着一篇又一篇的医学文章，我希望药店里所卖的抗生素中，至少有一种是可以治疗蜂窝性组织炎的。

最终，我找出其中两种也许可以治疗蜂窝性组织炎的抗生素，当时我根本就不确定是否有用，但除了赌一把，已别无选择。当我再走出去买药时，脚已经痛得几乎无法走路了。走进药店时，我的泪水已涨满了眼眶。我买了药，当场吞下，然后祈祷它对治疗蜂窝性组织炎有效。

人生就是这样，当事情发生时，不管你多么不愿意接受事实，除了勇敢面对别无选择。人真的不会平白无故就变得勇敢，直到勇敢成为唯一选项。

原以为那个晚上我会哭着入睡，但却没有。

关于帮助

卢旺达（Rwanda）

扶别人一把，
对站得稳的人来说不算什么

天还没亮我就醒了。

口干舌燥，想喝水，但手边的水瓶已经空了。十几个床位的房间里只有我一个人。我掀开棉被，感觉左脚比昨天更加红肿。

又渴、又痛，整个人都快崩溃了。

外面下了一场大雨，也许是心境的关系，我一直觉得那是我在非洲见过的最大的一场雨。我躺在床上一动也不动，听雨水落在地上的声音，想着自己该怎么办。我发了一条短信给朋友，写下昨天买的抗生素的名称，请她帮忙问问认识的医生，这些药对治疗蜂窝性组织炎有没有用。她很快回了信息，上面写着："于洋，你快回来好不好？我不知道你吃的药有没有用，但是这样下去有可能会截肢，甚至会有生命危险，我很担心你！"我放下手机，鼻子酸酸的。

不知道过了多久，德国人T和澳大利亚人C走了进来，他们睁大了眼睛，吃惊地看着我的脚。

"你的脚怎么了？"

"蜂窝性组织炎，重复感染，看起来很夸张吧！我知道。"

"你有吃药吗？"

"算是有吧，我也不知道自己买的药有没有治疗效果，是在网上搜到的。"

"你吃饭了吗？我们开吉普车来的，可以载你去医院，或者先去吃点东西。"

我看着他们，隔了好几秒后才说出"谢谢"两个字。

我们随意找了间餐厅，然而吃的饭却是那阵子吃得最好的一餐，发出的笑声也是这几天最开心的一次。回到住宿的地方，他们讨论着该怎么帮我，而我除了感激之外，只能一连说着"谢谢"。

还不到晚上九点，我就觉得头晕目眩，需要休息。我在心中倒数着三二一，试图一鼓作气站起来，但不管做了多少心理准备，脚还是痛得让人难以忍受。我一跛一跛地走回房间，当看着我连走路都要哭出来的模样，C对我说："我下个星期就要回澳大利亚了，来非洲之前随身准备了很多药，全部给你吧，说不定有你需要的。"

"不好吧，你留在身上以防万一。"我知道医疗资源在非洲有多么匮乏。

"拿去，扶别人一把对站得稳的人来说不算什么。"他硬把装满了花花绿绿的药丸的袋子塞进我怀里。

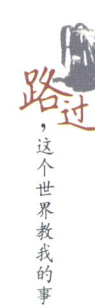

我在他给的十几种药品里找到了之前服过的抗生素,因此左脚得到了治疗,不久又可以正常走路了,且走得比以前更远。

我何其幸运!

左脚完全复原之后,我在美丽的湖边偶见一间孤儿院,里面住着一群小朋友。想到自己连日来一直受别人的帮助,我决定留下来陪这些孩子一起读书。他们喊我"Teacher",我只觉自己何德何能,竟得到他们如此的尊重。孤儿院的创办人说,他13岁时被英国人领养,然后才可以顺利长大,现在想继续帮助和自己一样在幼年时候失去双亲的孩子。爱真的会带来更多的爱,温暖这个世界。

几个月之后,我发了一条短信给C,没有别的意思,只是单纯地想好好感谢他。

"当时真的谢谢你,要是没有遇到你们,我真的不知道该怎么治疗我的脚,谢谢。"

"没什么好谢的,是你帮了自己,我们无法让你更坚强,是你选择了勇敢。"

是的,扶别人一把,对站得稳的人来说不算什么!

关于
计划

尼泊尔
(Nepal)

 **没有计划就是最好的计划**

我总是会花一个下午的时间和当地人喝茶，或是钻进纵横交错的巷子享受一段仿佛偷来的时光，抑或是突发奇想地抓起背包买了车票便前往下一个城市……这就是我在旅途中能够遇上那些美丽的人、听到那些一辈子都无法忘记的故事的方式。在对的时间拐过那个弯、跳上那辆车、走进那间店……一切都像命中注定一般精准地发生，令人难忘。

在小巴士抛锚后，我走过乌干达的雨林小径，然后被蝴蝶包围了。在搭便车经过土耳其的东部时，我被困在海拔3 000米的山上，然后和一群穿着汗衫的卡车司机喝着热茶聊着天。在雨林里穿着向当地人借的雨鞋，我踏过一个又一个泥泞的沼泽地，循着大象的脚印寻觅它们的踪影。在刚果边境一个被火山包围的小镇，我住在当地人的家里和他们的孩子一起吃早餐。还有一次与的士司机喝着啤酒嚼着花生聊着种族歧视，学他们嚼着像槟榔一样的叶子。在埃塞俄比亚南部时，我认识了一个孩子，他妈妈因罹患艾滋病过世，我给了他一个真实而温暖的拥抱。

事后回头一看，那些机缘巧合的时刻和转角撞见的美好，在最完美的角度联结成线，浑然天成，仿佛要告诉我什么。

在尼泊尔的加德满都（Kathmandu），有个英国人笑着对我说："我原本打算只在印度旅行几个月，结果却待了一年半。"

他刚到印度时，被城市的喧嚣和尘埃压得喘不过气来。后来，在一个仿佛所有水汽都被蒸发掉了的炎热午后，他随意搭了一辆车到达印度中部的一个小村落。村里没有其他的观光客，没有人会说英语，当地人找了镇上唯一会说英语的女孩给他当导游，女孩带着他走过自己的家乡。

"半年后，"英国人伸出右手，指着无名指上的戒指对我说，"我和那个女孩结婚了。"

关于同理心 / 中国新疆（Xinjiang）

 比同情心更重要的是同理心

对我来说，同理心比同情心更重要。

在一个悠闲无事的下午，我走在乌鲁木齐的街上，市集中人声鼎沸，却没有人注意到有个小女孩把包放在地上，蹲在角落，手里握着粉笔，以工整的字迹，一笔一画在一块块的砖头上写下她的故事："尊敬的各界人士，您们好！我来自一个交通不便、生活贫困的山村，家里有五口人，我以前也有个幸福的家，但好景不长，我的父亲不幸患上了重病，经医院检查诊断为'急性病'，病情十分不乐观，不得不去医院动手术，但还需要一笔昂贵的医疗费。为了给父亲治病，家里把所有贵重物品都卖了，现在家里一贫如洗，无奈之下，我只好背井离乡，用笔墨写几个字沿街卖唱，希望可以得到各位好心人的理解同情。谢谢！"

她写完之后，默默把音箱打开，准备唱歌。

我想着自己反正没事，于是便坐在一边的角落，开始观察行人的反应。也许因为经常听闻这样的故事,大多数人都是看完之后就走开了,甚至还有人大声跟朋友说:"走了,走了,骗人的。"我看了看小女孩,再看看其他人,完全理解大家的反应。没有人愿意当傻子,让别人得了便宜还卖乖。

我想到她写的句子:"希望可以得到各位好心人的理解同情。"我相信每个人都是好心人,没有人会刻意去伤害或欺骗别人,我总觉得理解比同情要来得重要,理解才能产生同理心,才能设身处地地为别人着想。我们都知道她所说的不一定都是事实,但仔细想想,就算是骗人的,如此年轻的一个女孩需要这么做,她的处境也许不会比所编的故事好上多少。

我没说话,继续观察。

大概15分钟之后,有人慷慨地丢下一张50元的人民币,同行的女孩推推那人的手说:"你未免太大方了,要是骗人的呢?"

他转过头来,微笑着回答:"要是不是呢?"

然后,他们消失在人群之中。

关于想念 泰国(Thailand)

 **只有离家才会想家吗？**

曼谷忽然刮起狂风，下起了倾盆大雨。

昨晚搭公交车前吃了安眠药，一觉醒来人就在曼谷了。坐在TCDC（泰国创意设计中心）巨大的落地窗前，看着地铁上的人们摩肩接踵，听着百货公司的周年庆广播，我才意识到自己已经来到一个新的地方。两天前，我还在老挝乡间一个被瀑布和山壁环绕、走在路上不穿鞋也没人觉得奇怪的地方。

其实，我很怕爱上一个地方。

每当有人问我在去过的地方之中最喜欢哪里，我总是无法回答，因为在任何一个地方待久了都有可能爱上它，总是不小心就在那里生了根，总是不小心就把自己的记忆留在了那里。就如我大学毕业后搬回台北，但总会想念在中坜（中国台湾桃园北部的一个小城）念书的时光，想念和小伙伴们一起在二手唱片行厮混的日子。

总是让我赊账的小吃店老板，在我的手环上刻了"This world is your destination（整个世界都是你的目的地）"的人，每天都会经过那条路、不记得我的名字干脆直接喊我"Taiwan"的当地人，还有一起度过生命中最美时光的那些人们，你们还好吗？

每当他们问我从哪里来，我总是很骄傲地回答："我来自中国台湾。"

可当有人问我："你想家吗？"我只能保持沉默。

我只会在闷热难耐的火车上对人说家乡的大众运输有多好，只会在看到路边的小吃时想着在家乡也吃这个，只会在老挝和泰国一片寂寥的边境看到有家乡人开的店时就兴奋地前去搭讪，只会在听到缅甸人随口问了句"你的家乡是一个什么样的地方"时就抓了椅子坐下和他聊天，只会不厌其烦地告诉所有人我的家乡有多美……

所以，当几天后又有人问我一样的问题时，我说："是的，我想念，我想念那里的人。"

曼谷的雨停了，再过14个小时，我会到斯里兰卡。

关于宽容

缅甸（Myanmar）

油炸老鼠，你吃过吗？

在仰光（Yangon），我住的地方，只要一开门，扑面而来就是一阵浓浓的尿骚味。

那个晚上我搭了长途汽车，车外下着倾盆大雨，简陋破旧的车厢里也不时洒进小雨来，我只好在车内套上了雨衣。天亮后，我站在地图上没有标记的小镇，只觉又湿又热，空气好像停止了流动一样，一点儿风也没有，湿透的 T 恤黏在背上。好不容易找到一个有门的公共厕所，门上却有一个连修补都不知该从何补起的大洞。

好不容易找到床睡，床垫里却满是虫子。水龙头流出的水像是被铁锈染过一样又黄又红，衣服怎么洗也洗不干净。隔壁小吃店的厨房里，生肉被甩在地上，鲜红腥臭的血水被密密麻麻的苍蝇覆盖。在菜市场逛荡的时候，摊贩老板对我招招手，凑近一看才知道他想请我吃油炸老鼠——头是头、腿是腿，完完整整的一

只油炸老鼠吓坏了人。

每当我到一个新的地方总会先学用当地话说"你好、谢谢、对不起",我不能因为自己会说中文、英语,就期待每个人都会一点儿。

这一切都不是那么让人难以忍受。

好在我在不停地学习,学会对人、对环境,还有对文化宽容。正因为世界是这么不同,所以它才这么美。我以前都不知道自己可以有这么大的弹性去接受那些冲击。但冲击总能使我改变,使我变得更加柔软,像水一样能适应各种容器。

他们把树干和着水磨成汁液,涂在我的皮肤上,我跟着的士司机一起嚼树叶,告诉他们我家乡的槟榔西施文化。在偏远的乡下,我遇到一个卖甘蔗汁的小女孩,看着她亲手榨出一杯甘蔗汁,我的心里满满都是儿时的记忆。我说我们那里也喝这个,尽管她听不懂但还是微笑着点头。我让小女孩把她的名字写在笔记本上,可她爸爸说她没有英文名字。

"没关系,我也没有英文名字,但我很喜欢我的中文名字,It means ocean." 我回答。

关于
改变

印度（India）

 改变，或安于现状

"你怎么会在这里？"我问他。

"不知道，不知道怎么就到了这里。"他答。

在印度搭便车时，我看到他静静地站在路边，对话便这样展开了。

"别人是不是都会问你，一个女生到处旅行，家人不担心吗？"他问。

"会啊，都会问。我不知道该怎么回答，说得太多听起来像是强词夺理。"

"我之所以在这里，是因为我爸写了一封信给我。"他从笔记本里掏出一张纸。

我打开一看，那些字句好熟悉。

"我爸有一段时间身体不是很好，他看了一部电影，里面的这段话让他哭了，他写下来给我看。"他边说边把那张纸小心翼翼地折起来。

"事情可能巧合得让人感到有点不可思议，但这的确是事实……"我从我的笔记本里掏出一张纸递给他，虽然那是我写给自己的，但完全是同一段话。

然后我们都没有说话。

我们各自拥有的那张纸上都写着："不管这是不是那么重要，或有没有价值，你想成为怎样的人，永远都不会太晚。没有时间限制，在你想停靠的时候就停。你可以选择改变，或安于现状，这是没有规则的。我们可以活得精彩，也可能一塌糊涂，我希望你能将生命演绎出它最美的样子。我希望你能看见那些让你震撼的事物，我希望你去感受你从来没有感受过的事情，我希望你去遇见那些跟你有不同世界观的人，我希望你过着让你引以为傲的生活。如果你发现你还没有过上这样的生活，我希望你有勇气与力量，去重头开始。"

这是我在印度搭便车时发生的故事。

关于意外

北极圈(Arctic Circle)

在北极,差点被冻死

收到一条短信。

"你三月份会在哪里?"D问。

"在北欧吧,打算开车去北极圈!"我回复。

"我离那里不远,不如约在那里碰面吧?"

"好的。"

于是在春天来临之前,我们在芬兰碰面,即使彼此穿了厚重的大衣,但拥抱依然温暖。我们距离北极圈还有800公里。轮胎碾过覆盖着薄冰的公路,碎石子被卷进轮胎里,发出清脆的声响,回头一看,后车窗已经被雪掩盖。我们几乎是一刻不停地往北,虽然不急着前往某处,地图上也没有标着目的地,我们只是盯着挡风玻璃,一路向北。

"那是极光吗?"他问。

"哪里?"原本昏昏欲睡的我忽然大声喊了出来。

他熟练地把车停在路边，打开车门。寒风溜了进来，吹得人脸颊刺痛。那晚的夜空很清澈，我们兴奋得像个孩子。

"是，那是极光！"我终于认了出来。

"我们快到北极圈了。"他冷静地答。

我们跳上车什么也没说。驾车走在公路上，极光不断地出现在我们前方的夜空中。我们继续一路往北。

"11点了。"他说。

"找个地方休息吧。"我答。

那天我们花了15个小时，往北前行了1 000公里。到达那个小城时，所有的商店都已关门，我们走过一条又一条街道，怎么也找不到落脚的地方。午夜过后，街道上除了醉醺醺的流浪汉，已空无一人。他提议继续往北，到下一个小镇再做打算。于是我们重新回到那条公路上，几乎也看不到其他车辆。经过了一个又一个死寂般的小镇后，他累坏了，而我的脑袋也疲倦得几乎停止了运作。想不到更好的办法了，最后我们只好把车停在道路交叉口的加油站，掏出背包里所有可以保暖的衣物和睡袋，将它们一层层裹在身上，再穿上一双又一双的袜子，准备休息。

"稍微睡一下，天快亮了。"他说。

在暖气停止运转的车厢内，我们被零下20度的雪白世界包围着，温度以自由落体般的速度下降着，我们累得一句话也没说就睡着了。直到他摇着我的肩膀说："快醒过来，太冷了！"我才睁开双眼，却意识到自己的四肢已经冻得失去了知觉。他拿起车

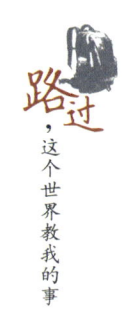

上的水瓶，摇了摇瓶身，发现里面的水已经结成了冰。

他重新发动车子，暖气呼呼吹动的声音让我渐渐清醒了过来，我不断想着："如果我们真的就这样沉沉睡着了，一定会被慢慢冻死的。"

"换我开车吧，我知道你很累。"我说。

我当时累得连说句话都显得狼狈，手里握着方向盘，逼着自己用力眨眼，甚至想："如果眨眼的瞬间停留得过久，一定会这样睡着。"白色的公路连接着暗蓝的天空，道路两旁高耸的针叶树木排列整齐，树梢被积雪压得低垂着，一片绵延无尽的寂静，让人觉得只要一呼气就能把什么惊醒。最后意志力终究敌不过睡意，我真的握着方向盘闭上了眼睛。

之后只记得一声沉闷的撞击，我连叫出声都来不及，车子便在结冰的路面上打滑旋转，我的脑袋一片空白。我们呆坐在车里，几分钟后——也许更久，才意识到刚刚出了车祸。

D下车检查车况。车子当时撞上了路旁被雪覆盖的栅栏，接着在结冰的公路上打滑，经过几个360度的旋转，最终停在了对向的车道上。已经不能只用幸运这个词来形容了，车子没有太大的损坏，加上当时是清晨，公路上一辆车也没有，如果当时被对向车道来往的车冲撞，后果无法想象。

我呆坐在驾驶座上，震惊、疲倦、恐惧、自责……各种感受一起袭来。

"我来开吧。"他重新发动车子。很久之后我才告诉他，我很

感谢他当时的冷静沉着。天已经大亮，没多久我们在加油站的后方找到一间小旅馆，踏出车门的那刻我的双脚还在颤抖。直到四肢触碰到柔软的床垫，我才得以重新冷静思考，细想着昨晚发生的事情，庆幸自己还活着。

后来我才知道，那个晚上是这几个月以来，极光最为活跃的一天。

关于误解

厄瓜多尔（Ecuador）

 **谢谢你们，一直证明我是错的**

在拉丁美洲时，不管是问路还是买票，陌生人总是会提醒我：手机不要拿在手上，包包要紧紧抱好，钱要藏起来。因为我每天都听到这些叮咛，久了也开始有所提防，但我实在很讨厌这种时时提防别人的感觉。

在厄瓜多尔的那个晚上，气温直线下降，虽然我手里捧着一杯热茶，但是凌晨4点钟站在寒风中等待误点的巴士，我还是全身冷得直打颤。上车之后，整个人像是昏迷了一样倒头便睡，直到冷飕飕的寒风灌进脖子，我才被冷醒。

我的眼皮在开阖之间挣扎，这时有人拍着我的肩膀问了句："OK？"我用蹩脚的西班牙语答道："我觉得很冷。"巴士上光线很暗，根本看不清对方的脸，我脑海里立即闪过每天都听到的叮咛，于是忍不住把背包抓得紧紧的。

然而他一句话也没说就把自己的羽绒外套脱下来，盖在我身上。我还没来得及做出反应,就先感受到了外套带来的温暖。

谢谢你,证明我是错的!

后来我又沉沉地睡了过去,醒来时,天微微亮,我摸摸口袋,想掏出手机看时间,却怎么也找不到。原本还昏昏沉沉的我瞬间清醒了,翻遍背包的每个角落以及身上的每个口袋,还是看不到手机的踪影。我的脑海中又出现了那些叮咛。旁边原本在打瞌睡的人也因为我的大幅度动作醒了过来,问我在找什么。我说原本放在口袋里的手机不见了。

他从身后拿出我的手机,问:"这应该是你的吧?我在地上捡到的,但不确定是谁的。"说话的同时把手机还给了我。

谢谢你,证明我是错的!

下车后转搭地铁,我问一个老妈妈哪里有便宜的旅馆,她说:"在市中心前两站下车后去找,市中心很危险,不要在街上逗留。"

我听了她的话在市中心前两站下车,当时天色已经暗了,商店都拉下了铁门,街上连行人都寥寥无几,走着走着就过了两个车站,不知不觉到了市中心。在一条灯火昏暗的街道上,两个男人叫住我,刹那间我又想起地铁上老妈妈告诫我不要前往市中心的话。

结果他们告诉我,不要再往前走了,那里什么也没有,然后又告诉我哪里有便宜的青年旅馆并详细地做出指引。

谢谢你们,一直证明我是错的!

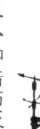

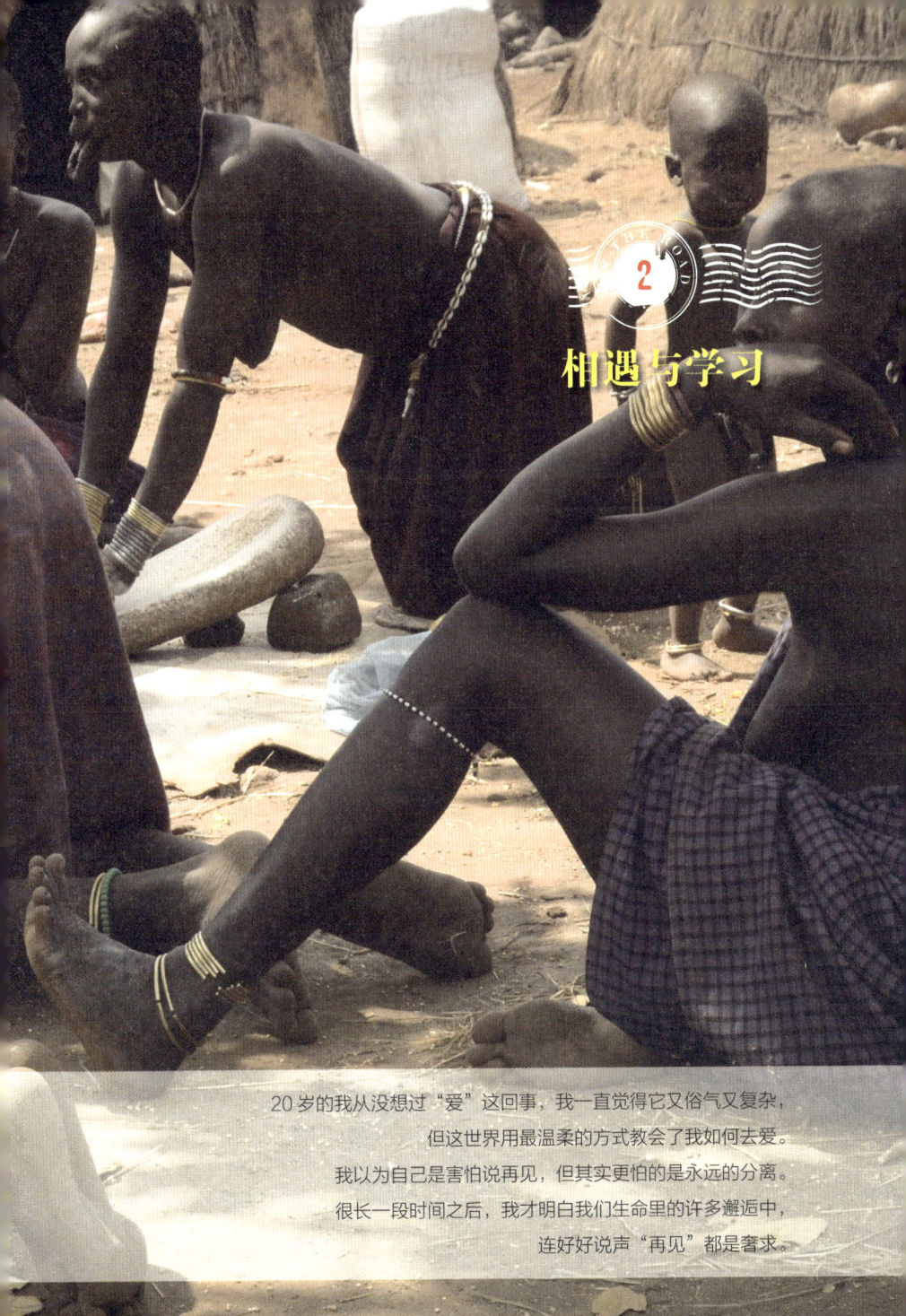

2 相遇与学习

20岁的我从没想过"爱"这回事，我一直觉得它又俗气又复杂，但这世界用最温柔的方式教会了我如何去爱。
我以为自己是害怕说再见，但其实更怕的是永远的分离。
很长一段时间之后，我才明白我们生命里的许多邂逅中，连好好说声"再见"都是奢求。

关于爱

尼泊尔
(Nepal)

 **陌生女孩给我带来了银行卡**

身上唯一的一张信用卡被提款机吃掉了。我在提款机前站了好久，甚至用脚踢了它两下。

我打电话给中国台湾的银行，告诉他们我的信用卡不知什么原因被当地提款机给吞了，身上只有少数现金，连回去的机票都没办法订。我又不能确定什么时候回去，想请他们寄一张新卡给我。他们的回答却是：只能本人亲自回来办理。

我捏着身上仅剩的100元美金，紧张又焦虑。情急之下，我拨了一个电话给朋友。一番讨论之后，他决定将他的银行卡寄过来给我，而我通过网上银行将自己帐户的钱转进他的帐户，这样就可以用他的提款卡取出我自己的钱了。

接着我在旅行论坛上发了一篇文章，简单阐明了自己的状况，说如果有人要来加德满都，能不能帮我捎带一张卡？关掉网页后我继续想着其他可行的办法，没想到一两个小时后，有个台湾女孩传了一条短信给我,她说正好几天后要飞来加德满都,可以为我带过来。然后我的朋友与她约在机场碰面,将银行卡交给了她。

她抵达加德满都后,我再次和她联系上时已经是凌晨1点多。当时我身上只剩下几美金,公交车早在几小时前就停了,虽然很想当面向她道谢,但我真的无法负担计程车费用,于是只好请她将银行卡留在住宿的饭店柜台,隔天我再搭公交车过去拿。

第二天一早出门前,我打了电话到她住宿的饭店,柜台小姐却说他们一大清早就搭旅游车离开了。我问有没有一个写着我名字的信封袋,电话那端居然斩钉截铁地说没有。不管我试图确认几次,答案都没有改变。我焦急地来回踱步,口袋里仅剩2美金。经过一整天的漫长等待,我再次与那位台湾女生联系上。

"请问你有没有把我的卡留在柜台呢?他们说没有写着我名字的信封袋。"我问。

"有喔,不过我不是放在信封袋里,而是放在一个白色的塑料袋里。"她答。

我又打了一通电话到饭店确认。后来才知道,高级饭店为了提防别人冒领物品,必须要对方完整地形容出物件的模样或外包装,才会将东西交给对方。而她居然将一张银行卡放进塑料袋里,我在公交车上怎么也想不通。

抵达饭店后,我飞奔到柜台,告诉柜台小姐我的名字。她从柜台后方拿出一个大大的白色塑料袋,我心里想着:"是不是哪里弄错了,只是一张薄薄的卡而已,哪里用得上大大的塑料

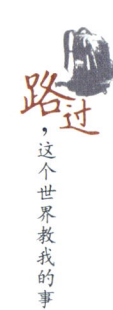

袋?"但上面确实写着我的名字,等打开袋子一看,我的眼睛立即红了。

那个女孩在袋子里放了许多家乡的食物,还在一张纸条上写着:"我知道你旅行很久了,一定很想念家乡的味道吧……"我从来没有见过她,她特地提早到机场与我的朋友碰面,为我将银行卡带来加德满都,还给我带来这么多食物。这就是她给予的爱和温暖,一个我从没见过的台湾女生。

在旅途中，
日升日落很美，星空很美，
但在所有风景中，只有人最美。
我知道人类让地球改变了很多，
但如果没有人类，
地球是没有温度的。

关于拥抱 尼泊尔（Nepal）

世界用最温柔的方式教会我去爱

尼泊尔的博卡拉（Pokhara，尼泊尔极负盛名的旅游城市）昨天晚上下了场大雨，清晨的空气很干净，我走进那间常去的小餐馆，它由尼泊尔一个当地家庭经营。装着咖啡的马克杯上写着"某某公司敬赠"的字样，没有知名连锁咖啡店的商标。店里使用的餐具大小不一，有的还缺了一个角，我不禁笑了，心里想着："这样好像在家里吃早餐啊！"

那里是我认识法国人K的地方。那个早上他走进小餐馆，熟悉地跟老板打招呼、交谈，好像是这里的常客。他走向我的桌边抓了把椅子坐下，然后我们开始交谈。11年来，他在中南美洲通过各种活动帮助当地小朋友，他说："我不会因为他们跟我没有所谓的血缘关系而少爱他们一分，这些都是我的小孩，我就是爱他们，不需要原因。所有觉得不被爱的人都可以来找我，我来爱你们。"

当天晚上,我和他约在另一家餐厅吃晚餐,他对我说:"爱是无所不在的,如果你和我一样相信自己有能力去爱人,请跟我去做一件事。"

他拿出许多爱心形状的贴纸,在上面写上"Spread your love"(传递你的爱),然后贴在街道的每个角落,也贴在路人的身上,并拥抱告诉他们:你们有能力去爱,不管是对这块土地还是对身边的人,你们都有能力去爱。然后我答应他,回去后我也要做这样一件事。

2011年12月3号,在台北信义区,我与一群朋友做了这件事,我们相信自己有能力去温暖别人。那天我们一共拥抱了500人,同时告诉他们:你是被爱的,是有能力去爱的,不管对身边的人或陌生人。今天我们在这里,只想给你一个温暖的拥抱,没有其他任何目的。就是这么简单和纯粹!

爱真的无所不在。我们可以不预设立场,可以接纳彼此的不同,不为任何利益和目的去拥抱彼此。我是这样相信的。

这世界用最温柔的方式教会我如何去爱,我们因为被爱,所以要把爱传播出去。

关于
快乐

老挝（Laos）

 人是我看过最美的风景

在一个下着毛毛细雨的夜晚，我和A在老挝一个河水潺潺流过门前的小镇上闲逛。我们倚在屋檐下，有一搭没一搭地聊着，不知道过了多久，手里握着的啤酒渐渐变温，他忽然问："你有宗教信仰吗？"

我答："没有。但是我有相信的事情，那不是关于神，是关于一种力量。我相信人是善良的！"

"我是基督徒，但我在旅行中遇到的人几乎都没有宗教信仰。你怎么知道自己的内心要跟随什么？我的意思是，你可以趁我不注意的时候把我的包包拿走，里面大概有3 000元美金，然后你可以去住很好的地方……我不会这样做，因为我的信仰告诉我不行，你呢？"

"因为这样做你不会觉得快乐，我也不会觉得快乐。相比起来，我觉得坐在一个没有街灯、晚上伸手不见五指的小镇，和你一起

喝着廉价啤酒，聊着我们看过的世界会比较快乐。我觉得就这样单纯地信任彼此，相信我们会在世界的某个角落相遇会让我更快乐。我常常想，还好快乐不是绝对的，我不用拿别人定义的快乐来要求自己，不用追求跟别人一样的幸福。"

"我前天遇到的西班牙人和你回答得一模一样。"

"我不惊讶。"

"旅行的人哪……"

"在旅途中，日升日落很美，星空很美。但在所有风景中，只有人最美。我知道人类让地球改变了很多，但如果没有人类，地球是没有温度的。"

我一直这么相信着：如果真的有那么一天，我因意外而离开这个世界，我不会感到遗憾，因为我看过这美丽的世界，看过最美的风景，遇到过许多善良的人，是这个世界的美丽和他们眼里的善良让我相信这个世界满满都是爱。

关于记忆  缅甸（Myanmar）

活在别人记忆里的你是什么样子

我常常想，自己是以怎样的形式存在于别人的记忆里的？

记忆总是与气味、颜色、场景相连结。闻到肉桂的味道，我会想起在布拉格的那段时间；闻到青草的味道，我会想起在非洲草原上打滚的那段日子；看到蓝色，我会想起自己在西奈半岛度过的时光；而机场的咖啡馆，则让我想起在旅途中遇到的那些行色匆匆的人们。

很多时候，我想到的都是一些也许这辈子再也不会见到的人。喝甘蔗汁时，我想起在缅甸乡下遇到的一个小女孩。她的脸被太阳晒得通红，穿了拖鞋的脚上有一层淡淡的土，她会用两只小小的手把一杯甘蔗汁放在你手里。当你把钱塞进她手里的时候，她会显得有些不好意思。客人不多的时候，她会在榨汁机后面握着很短的铅笔一笔一划地写着作业，写完作业后，她会在笔记本上留下自己的名字。

我常常想起她,即使我几乎已经忘记了她的长相。在我的记忆里,她还是一样小小的年纪,穿着破旧的衣服,在几乎可以闻得到焦味的太阳下,用小小的手捧着甘蔗汁,用短短的铅笔写着字……然后风吹起红土黄沙,她慢慢消失在记忆里的画面里。这就是我想起她时的情形。

一个加拿大摄影师有一天忽然对我说:"每当我听到《黑金》(*Black Gold*)这首歌时都会想到你。真的,每一次!"

这是我被别人想起时的情形。

而你,在别人的记忆里,又是以怎样的形式存在的?

关于修复 / 中国新疆 (Xinjiang)

除了说出口的话，没有什么不能修

我一直觉得修鞋子是件很浪漫的事情。

这个想法是在埃及旅行时产生的，那些日子我穿坏了好多双人字拖。我从来不花大价钱买，常常是穿坏了就花几十元再买一双新的，穿坏了也不心疼，反正也不贵。后来在沙漠生活，我几乎不穿鞋，不得不穿的时候，也只是套上一双人字拖。在沙土上走过路的人都知道，穿拖鞋真的不好走。那天走过一段碎石路的时候，我套上一双人字拖，但没走多久就断了。

"又要换新的人字拖了。"我说。

"修一修就好。"贝都因人说。

"这也可以修吗？"

"除了说出口的话之外，没什么是不能修的。"

后来我用细针和粗线把人字拖缝起来，没想到这双修过的人字拖竟陪我走了一段很远的路，它也是陪我走得最远的一双。我穿着它走过整个东非，在乌干达的时候又修了一次。当时坏了就只想到要修理，"买新的就好了"的念头再也没出现过。

那是个炎热的下午，当时我在乌鲁木齐，居然把脚上的靴子也穿坏了。

"连靴子都可以穿坏啊？"我在心里惊叹。

我左右张望，寻觅修鞋的小摊子，终于在菜市场里找到了一家。摊贩的叫卖声此起彼落，来往人群讨价还价。那个修鞋匠静静地坐在一个不起眼的角落，旁边放着一只木箱。

"老板，靴子可以修吗？"

"行，我什么都能修！"

然后我把鞋子脱下，坐在那里看他修鞋。一阵缝缝补补、敲敲打打之后，靴子慢慢变回了原本的样子。

"你不是这里人吧？"

"不是，我是台湾人。"

"台湾啊，是个好地方！我有个远房亲戚在那里定居了！"

一阵沉默。

"伯伯，你是从什么时候开始修鞋的？"

"我想想啊，好像有几十年了。"

"在台湾，很少能看到修鞋匠。"

"可惜啊！"

对啊，好可惜。对于不曾遭遇过物资匮乏的人来说，物品就只是物品，不会诉说什么、传递什么，他们只会在把物品送进垃

圾堆前犹豫一下，或是像对待鸡肋骨一样对待它们。

"修好了，跟新的一样。你穿穿看！"老伯说。

看着修好的靴子，我觉得我最佳的伙伴回来了。

我仿佛感受得到它在对我说："我还会陪你走很久的。"它已经陪我走过很多路，见证过泥泞的沼泽，也见证过我的勇气。我们一起看过最美的风景，也一起遇到过最美的灵魂。如今，它回来了。

记忆总是与气味、颜色、场景相连结。
我常常想,
自己是以怎样的形式存在于别人的记忆里的?

关于
重逢

土耳其 (Turkey)

 在叙利亚，生命不值得被尊重吗？

收到叙利亚男孩 N 的一条短信，他说他可以去德国找他的家人了。

认识 N 的时候，他自我介绍说："我是叙利亚人。"他是我见过的最乐观开朗的人之一，总是很细心地照顾身边的人，对一切事物充满了好奇。如果你进一步了解了他家乡此时正在发生的事，你会更加喜欢他。

"你住在叙利亚的大马士革吗？我特别喜欢那里，不管是人、食物，还是风景、氛围，我都很喜欢，真想再回去住一次。"我说。

"拜托，现在千万不要去，如今在叙利亚找不到任何一处安全的地方。你们一定会认为我们每天只需待在家里，能不出去就不出去吧？错了，我们和你们一样，早上年轻人要出门上班，妈妈要出门买菜，小孩要出门上学……日子一样要过。唯一不同的是，每个人都知道自己今天出门之后，有可能不会再回来了。"

"我知道。这么美丽的城市被破坏了,我很难过。"

"你知道世界上最古老的城市是大马士革吗?"

"知道。人类真的很自以为是,生命不过区区数十年,却觉得自己有资格破坏历史那么悠久的城市。"

N 的姐姐几年前以交换生的身份去德国留学,后来在那里结婚拿到了居留权,他的父母以参加婚礼的名义拿到签证也去了德国,但他用尽了所有方法都拿不到签证。我们刚认识时,他说他又要去办签证了,那已经是第五次了。

有时候,这个世界真的很不公平。

"你知道前阵子波士顿发生的爆炸案吗?"他问。

"嗯,死了 3 个人对吗?"我回答。

"我也为他们难过,但是叙利亚每天都有爆炸案发生,每天都有人死亡,可是世界上怎么没人悼念他们?我不懂,我们的生命这么不值钱吗?我们的生命和他们的生命一样珍贵,不是吗?"

"真的很抱歉,这个世界上没有绝对的公平。"我想到我可以过着安全舒适的生活,我的护照可以直接入境欧洲……突然觉得好羞愧。

那一条条看不见的国界线,纠缠着肤色、语言、种族、宗教、历史以及更多说不清道不明的因素,让我们望而生畏。国家主义的丑陋性在我们面前赤裸裸地上演着,我们肩上、发梢上那些可以证明我们的家乡在哪里的尘土,怎么用力抖也抖不掉。

我想起贝都因人,他们曾经眯着眼望着红海对我说:"你说

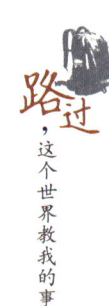

来就来，说走就走，而我们要离开，却像是一场不可能实现的梦。"顿时，我哑口无言。

我哭，我笑，我恐惧，我希望，我受伤，我需要，我去爱……我知道你也在努力做着同样的事，我们之间其实没有那么大的不同。

一年多之后的 2013 年冬天，N 写邮件告诉我，他拿到签证了，今年圣诞节终于可以与家人一起团聚了。他笑嘻嘻地邀请我和他的家人共度圣诞夜，我打心底为他感到开心。

关于
巧合

（Turkey）
土耳其

那些美好的巧合

有时候觉得，世界真的很小。

回到伊斯坦布尔那天，天刚蒙蒙亮，青年旅馆的人还没有时间让我登记入住，我便坐在大厅收信、看新闻。在沙发客网的伊斯坦布尔版，我看到一篇帖子写着："我和女朋友正在伊斯坦布尔旅游，有人想要出来一起走走吗？"我点进他们的个人档案，发现他们来自比利时中部的一个城市，那是我曾经待过一段时间的地方。于是我决定留言给他们，也许大家可以约出来碰个面。

5分钟后，他们回信了，但回复的内容让我一头雾水："我现在要去厨房泡杯茶，你要喝吗？"当我正在思索这句话是什么意思时，眼角瞥见有个人影从我身后的厨房走出来，手里竟然端着三杯茶。他给我递过来一杯说："给！"我诧异得好久都反应不过来。

原来我们在同一天到达伊斯坦布尔，搭乘同一班飞机，选择同一间青年旅馆，同时在大厅用电脑上沙发客。在几百条消息中，我看到他们的帖子并留了言，而他们从我的个人资料上立刻认出了我，然后故意回复了那样的内容。

我当时脱口而出："什么！怎么可能？"声音大到可以把整个旅馆的人都吵醒。

那些发生在我身上的、几率低到微乎其微的美好巧合，真是令人难忘。在埃塞俄比亚时，我认识了一位日本男孩，男孩在Facebook上放了一张我们分开时所拍的合照，后来另一位日本男孩给他留言说："你认识那个女生？"原来后者是我前年在埃及遇到的日本人，我们碰巧搭上了同一班公交车，彼此聊了一下，但没有留下任何联络方式。而他们两个是互相认识的，在分别将近1年后他看到同伴的这张照片，惊讶地发现照片中的女孩原来是他在埃及的公交车上遇到的那个女生。

世界真的很小，小到我们可以在这里遇到彼此；世界也很大，大到我们也许再也遇不到彼此了。

关于爱

伊拉克（Iraq）

 住进库尔德人的家里

从格鲁吉亚（Georgia）穿越国境线来到土耳其，家具店老板借给我一张纸和一支马克笔，我在纸上写了一个地名，一个我毫无概念的地名。在双方无法用熟知的语言沟通的情况下，老板在纸上写下："Why Iraq？（为什么要去伊拉克？）"我耸了耸肩，前往交叉路口拦便车。

几天之后，我到了伊位克的库尔德自治区（Zraqi Kurdistan Autonomous Region）。

每个地方都有它的文化氛围，伊拉克的文化氛围是我之前完全没有感受过的。女人从头到脚包得密不透风，清真寺后头冒出一阵又一阵的浓烟，我不愿多想那是从何而来。

人们毫不掩饰地盯着我瞧，紧紧盯着。我一时无法适应那种直视的眼神，不是不友善，而是他们的好奇与惊讶让我很不自在。我是外来者，不在他们的日常生活场景之内。虽然从来不允许自己以自身的文化背景和成长经历去论断他人,但是当我踏进餐厅想买一份简单的食物时还是惊呆了。我发现没有任何一个女人是单独行动的,她们要不三五成群,要不与自己的父亲、配偶或兄弟同行。刹那间,我几乎被疑惑和不安淹没。后来我才慢慢明白,也许是我不够尊重他们的文化吧。

我在街上来来回回走了一次又一次,在一个鲜少有背包客驻足的国家,除了一些价格不菲的旅馆之外,我找不到任何符合预算的住宿点。正打算放弃的时候,一个库尔德族男人叫住我。一开始我不确定他说的是不是英语,再仔细听,才知道他在说:"我会讲英语,你需要帮忙吗?"我点了点头,老实告诉他我找不到地方落脚,就算有,它的价格也会令我无法负担。

他陪我问过一间又一间的旅馆,他们一来一往地说着阿拉伯语,最后得到的答案都相同,价格依然超过我的预算。我当时已经皱着眉头打算掏出钱了,他却对我说:"我没有别的意思,我已经结婚了,还有 3 个孩子,如果你相信我的话,可以住我家的客房。"我抬头看着他,脑海里闪过所有可能会发生的事的画面,不记得自己花了多久的时间犹豫,也许不是太久,在他再次开口说话之前,我说了声"好"。

我们绕过商铺林立的街道,经过一排又一排的住宅后,他打了一个电话回家,告诉妻子今天晚上有客人。到达他家的时候,他妻子以及 3 个孩子已经在门口迎接多时。我坐在土耳其式地毯上,他妻子将一个大圆铁盘置于地毯中央,然后开始了晚餐。我

路过，这个世界教我的事

们用手撕着 Khubz（中东的一种面包主食），蘸着酸奶，佐着切片的小黄瓜。邻居们因为对亚洲脸孔充满了好奇，于是也陆续出现在他们家的客厅里。库尔德族爸爸是唯一会说英语的人，他问："你们家乡的人对伊拉克有什么样的看法？"

我答："老实说，我没有告诉任何人我即将前往伊拉克。他们都觉得这里非常危险，但是我刚到这里第一天就遇上了你们这么好的人。"

"你知道吗，今天我看到你走在街上，一副困惑的样子，我只是想帮你，没有任何目的。我邀请你来的时候，你居然一口答应了，我们基于单纯的信任才能聚在这里，我觉得这就是爱，其实是非常简单的。"他这样说。

我睁大了眼睛盯着他看，当时 20 岁的我从没想过"爱"这回事，我一直觉得它又俗气又复杂，没想到原来如此简单。只是单纯地想要帮助别人，不是出于任何的目的和利益，是因为我可以，我信任你是因为你也信任我。

那天晚上，他在客房为我开了空调，然后有点不好意思地问我介不介意把门打开，因为这样他和妻子在房间里也能享受到一丝冷气。翌日我们拥抱道别。我到现在还在后悔没有留下他的联络方式，直到现在还时常想起前往他家的那条路，脑海中演练着该转弯的每个街角。这样当我再回去的时候，就能按图索骥找到他们，然后再好好说声"谢谢"，谢谢他们在我 20 岁那年的夏天，教会了我一件非常重要的事——爱和信任！

关于
天堂

埃及西奈半岛（Sinai）

 **红海，最后的天堂**

人们常常问起："你最喜欢的地方是哪里？"我无法回答，脑海中总是先闪过一些熟悉又遥远的脸孔，然后才是那些美得让人震撼的风景。最后，我只能摇摇头说："不知道，每个地方都有其可爱之处，但西奈半岛是我的第二个家。"

多少个日子，一打开房门就能撞见红海，看着月亮一点一点变圆，再一点一点变缺。每当潜进红海里，我便深深相信这就是我还在母胎里没有记忆时被羊水包裹的感受。在几十米深的海里，我着迷于倾听自己的呼吸和心跳，此时此刻，没有比认真呼吸更重要的事。

21岁生日那天，我考完潜水执照，走在回去的路上还能闻到自己的头发上充满海水的腥味。去超市的路上我撞见一对在开罗认识的澳大利亚情侣，寒暄几句之后，他们邀请我一起拜访一位在印度认识的朋友，我没有多想就答应了。现在回想起来，那也许是我这辈子做过的最美好的决定之一。

我们跳上吉普车,没多久就看到了那片让我迷恋的海。骑着骆驼走过崎岖蜿蜒的栈道,人只要向外稍微倾斜一些,就会坠入海里。拐过一个陡峭的弯后,我看见一个只有在梦里才能见到的地方。他们的朋友——一个隐居于沙漠的埃及人,给了我一个热情的拥抱。我们待在海边的茅草屋里,那片海蓝得像是吸取了整个世界的忧愁。每当夜幕降临,月亮就会藏进陡峭的山壁里,银河铺盖而来。有那么一瞬间,我觉得自己沉醉在一场不愿醒来的梦里。

不知道是谁提起那天是我 21 岁生日,他们为我唱了生日歌。我庆幸当时天黑得看不见彼此,没人瞧见我因为这真实而无可替代的幸福流下了眼泪。那天晚上,我觉得自己几乎把这一辈子的幸运都用尽了。

于是我总是回忆起那段再简单不过的日子,它们在我心里占有特别的位置。我们弹吉他,谈论人生,吃朴实的食物,觉得每滴水都异常珍贵,每口食物都来之不易。大部分时间,我都迷恋着那片海,每一次当我潜进海里,我都更加相信天堂的真实存在。

我明白了为什么隐居于此的埃及人说:"这是我的 Last paradise(最后的天堂)。"

那年红海的浪像啤酒泡沫般温柔地覆盖了整个夏天。这里没有网络,没有手机信号,甚至没有通往外面的道路,犹如被世界遗忘了一样。在记忆里,红海总是蓝的,无法抹杀般地存在着。

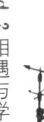

我一直记得初次潜进红海的感觉，仿佛手脚一划动就能搅动整个宇宙。我在水里忍不住笑出声来，瞬间明白了 Bliss（Windows XP 默认的蓝天白云桌面）的意思，也一直记得和我一起看过那片海的人。我们交换了对彼此的祝福，在满月的晚上，我们答应自己要变成更好的人。

在我的记忆中，我与那片海不曾分开。

那也是我生命里最后的天堂！

关于海洋  埃及西奈半岛（Sinai）

他们说我是海的女儿

我几乎是逼着自己离开西奈半岛的。

在前往车站的路上，我怎么也想不起来 T 对我说了什么，只记得自己笑得不能自已，他却莫名其妙地看着我。好不容易停住笑，我问道："干嘛这样看着我？我只是一个容易满足的人而已。"

"你才不是呢！"他说。

"什么意思？你怎么知道？"对于他的回应我感到意外。

我们下了车，他把包包背在肩上接着说："你不愿意停留，你一直在寻找。"我一时语塞，无法辩驳。

他买了票上车，第二天去了另一个城市，然后再慢慢往南前去东非。离开西奈半岛后的我像是没了灵魂的躯壳、失去平衡的秤，逢人就说起那片土地、那里的人、那里的故事……很长一段时间里，我的脑海里会忽然出现那里的画面，有时候是整片星空，还有几乎要掉落在身上的流星。有时候是那片神秘而深不见底的海，我只要一闭上眼就能精准想象出它的湛蓝。

原来，人真的可以毫无保留地爱上一个地方。和别人谈起时，我开始嫌弃自己知识浅薄，无法用精准的词汇去形容它的美，最终只能像个孩子一样嘟囔着"就是很喜欢"。我无法解释，人们的理解也不能到位，而我只好放弃解释，说来有点自私。

在一个被太阳晒得昏了头的下午，我的脑海里居然浮现了一个想法：要是有一天我死了，就把我葬于那片海吧！我真是无可救药地爱上了那片海，那片土地。

可我当时为什么选择了离开呢？

要是时光能回到那天晚上——T说我因为无法满足才不断寻找的那天晚上，我也许会告诉他："不是的，我不是不满足，我只是害怕改变！"害怕它在我的记忆里变了样，所以才决定让它在我心中永远美丽地存在着。

我记得自己只要潜进那片海，保持这片水域干净就好像变成了我的责任，我无法忍受一丝一毫不属于那里的东西，比如一只小空罐、一个玻璃瓶、一个塑料袋。就算背部已经被晒得脱了皮，我还是会游好几公里，紧紧抓起那些垃圾，带它们离开大海。

"你是海的女儿。"曾经有人这样对我说。

是的，我是海的女儿，我将带着这个名字，前往更遥远的地方。

关于停留

埃及西奈半岛（Sinai）

 还没离开就开始想念

在西奈半岛的最后一天，早晨6点，我被太阳晒醒，煮了一壶薄荷茶，然后揉面做面包。

朋友们开心地捧着一条大鱼走回来，告诉我得把它杀死，清理掉内脏，然后煮了吃。我十分清楚，有些生命的消失是为了让我们的生命继续。我们将鱼吃了一半，把剩下的部分抹上盐，想吊在沙漠里晒成干。从大自然中取得的食物，丁点都不能浪费。

上一次满月的时候，在红海，海水把我的人字拖冲走了。但它好像知道我将要离开一样，几天之后我在海边捡到了另一只，刚好合脚，后来我穿着它走向了很远的地方。

我试着把在西奈半岛的最后一天过得如同之前的每天一样，我拿起潜水面罩走向海边，回来时，手里抓着几个塑料袋。英国人说："我觉得让你最快生气的方法就是把垃圾丢到海里。"那天下午，德国人钓的鱼被猫叼走了，贝都因男孩看到，却不知该怎么把鱼从猫的嘴里夺回来，急得在那里直跳……

在即将离开的时刻，我总是想起那些在旅途中遇到的人和事。

在非洲的时候，我住在一间小房子里，房子后面有个小花园，种着一棵果实累累的芒果树。房子的主人是一个法国女孩，还有一位塞内加尔（Senegal）室友。房子旁是一间小小的杂货店，杂货店的老板在我第二次光顾时努力地说出了"Good morning"和"Thank you"。我开始学非洲鼓，因为法属圭亚那（Guyane Française）女孩说："我是到了这里才知道，音乐如何将人联结在一起，因为你不用喝酒就能快乐地随着音乐跳上一整晚的舞，没有人在乎你跳得好不好，重要的是我们在一起。"我又开始学习冲浪，因为从我住的地方到海边不消 5 分钟。周末的时候，我和朋友们一起坐船到小岛上发呆，晚上喝着私酿啤酒聊着以色列和巴勒斯坦，再笑着说："不管这个世界多糟糕，生命还是很美好！"我又想起那个念地理的德国女孩，她在斑驳的墙壁上贴了一张意大利地图，地图上方是一张沙漠日落的油画，她和那个来自多哥共和国（Togo）的男孩倚在墙边说着要改变世界的傻话……

每当想起这些旅途中的故事，我的心里总是暖暖的。我真想说，我要留下来，陪你们一起生活。

晚安，世界。

关于相信 / 埃及（Egypt）

 陌生人给我过的 22 岁生日

22 岁生日这天，有人问我："你凭着什么相信人？"

我答："不是靠运气，而出于单纯的相信。"

从迪拜（Dubai）飞往埃及北部的亚历山大港（Alexandria）机场，出海关后已经是晚上 12 点，我在入境大厅来回踱步，没多久发现几乎所有刚抵达的旅客都离开了。他们和许久不见的家人拥抱，陆陆续续走向出闸口。我猜想当时应该没有前往市区的公交车了，于是打算在机场找个安静的角落过夜。

"你刚到吗？现在已经没有公交车了，我们一会儿载朋友回市区，可以顺便载你一程。"我听见背后有人这么对我说。

"我打算在机场小睡几个小时，等天亮后再搭公交车。但，如果载我一程不会对你们造成太大困扰的话……"我有点不好意思地答道。

"在这里过夜不安全吧，还是去市区找个安全的地方较好。"

上了车之后,在自我介绍之前,他们问我的第一个问题是:"你不担心我们是坏人吗?"

"我为什么要担心呢?你相信我,我也相信你,简单而美好,就这样。"

在前往市区的路上,我们练习怎么把对方的名字用正确的发音说出来。抵达市区时已经是凌晨2点多,整个城市仍然熙熙攘攘。当时是斋戒月,人们从凌晨3点半到晚上6点半必须禁食,于是所有人都像约好了一般,赶在清真寺的钟声响起前填饱肚子。我们在街上兜了几圈,然后从便利店里买了一些食物,来到海边聊着自己的国家,学习对方的语言。

"我们是从小一起长大的好朋友,现在住在一起,如果你愿意的话,我们家的沙发可以借你睡。我们计划明天傍晚去野餐,你愿意的话可以一起来。"

"真的吗?我还在想明天去哪里好,明天是我的生日。"

"明天是你的生日?那要好好庆祝才行!"

很快他们开始讨论买什么蛋糕和礼物,嘻嘻哈哈闹成一片。看着他们我不禁想:我们不过刚刚认识,他们却像对待老朋友一样照顾我……

我知道这世界上还是有心怀不轨的人,一开始还有所提防,但如果我不试着去相信,那该错过多少美丽的人和事。格陵兰岛有40%的冰山已经融化,威尼斯也许再守30年就不存在了,保加利亚的公交车被炸弹攻击,叙利亚内战持续……世界如此不安,

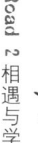

为什么我不尝试着去相信人呢?

但世界上就是有人担心我在机场过夜不安全,顺道把我载到市区;知道我身上没有太多钱,愿意让我在他家借宿一晚;明知第二天得早起上班,却仍然坚持在凌晨 12 点和我一起庆祝生日;还有对刚认识没多久的我说:"一切事情让我们来处理就好,你只要负责照顾好自己就行。"世界上就是还有这样的人。

在即将离开那天,我对他们说:"谢谢,你们真的是非常善良的人!"

他们答:"你来到我们的城市,我们只希望你喜欢这里,而且你也是善良的人。"

"一直以来都是你们为我做了许多事,我从来没能为你们做点什么。"

"你生日那天,我们因斋戒月而禁食,中午我问你要不要吃点什么,虽然你嘴里说不饿,但我们都知道你是为了不影响我们的情绪,跟着我们一起等到晚上才吃饭。"

原来他们早就知道。

从来都不相信是自己运气好,我是真的相信人与人之间存在着最单纯的信任。

在22岁生日这天,我从这些陌生人身上学习到了最宝贵的一样东西——信任。

关于再见  埃及（Egypt）

 **每一次相遇都是久别重逢**

有件事我一直放在心上，像懒得挂回衣橱的外套，或是装着旧衣物的纸箱，时间久了它就成为了日常生活的一部分。你明明知道它的存在，却不打算做出任何改变，于是日复一日、年复一年地与它共存。

在埃及的那段日子，与其说是旅行，不如说是住在那里，常常觉得自己像被装在真空的箱子里，时间是静止的，对我没有太大意义。一天又一天，我咀嚼并反思着那些曾经发生过的事，既垂涎它的甘美，又舍不得吞下肚子，只是贪婪地吸吮着，日复一日。

认识他那天，烈日当空照。我在亚历山大港，海的另一端就是希腊，走在路上偶尔还能闻到来自地中海的咸味。那时伊斯兰教的斋戒月才刚结束吧，路上又开始热闹起来。他说刚到埃及，想去西奈半岛。我在地图上圈选那些再熟悉不过的地名，对他说这里一定要去，那里别错过，就好像西奈半岛是我的第二个家。

我们随意走进一家餐厅就餐,从太阳高悬空中一直聊到城市的路灯亮起。要离开时,他说了句:"我好久没有这样跟人说话了。"有那么一瞬间,我觉得我们上辈子就认识了。

最后一次和他说话是在埃塞俄比亚。那天晚上,我舀了一桶水要洗澡,我知道那桶水也许不是干净的。天很黑,没有电,但说不出为什么,一时之间就想到了那个人,想打电话给他,但信号很差,只听到他说:"你到了肯尼亚再打电话给我吧!"后来就什么都听不清楚了。

那是我们最后一次说话。

当时的我不知道自己生病了,在所有症状出现之前,他是我最后一个通电话的人。后来的几周里,我的身体历经了前所未有的折磨,我开始重新思考生命与死亡、我爱的人和爱我的人的关系,那些洒在医院充满药水味的床单上的眼泪教会我好多事。

后来我一直没有打电话给他,即便知道他没有我的手机号码,只有我主动才能联系到他。我一直把这件事搁在心上。一个月、两个月、半年过去了,我还是没有打。

时间久到我几乎不记得自己为什么没有与他联络,后来想他也许早就离开埃及了,电话也许不再使用了。我不想在电话接通后听到的是"你所拨打的电话不在服务区",我害怕面对再也没有机会和这个人联络上的事实,当时我们很有默契地觉得彼此不用成为Facebook上的好友,也可以一直当彼此是上辈子就认识的朋友。

直到要出发前往北极圈的前几天，我终于拨了他的电话，那 11 个阿拉伯数字让我既紧张又兴奋。电话只是一种沟通工具，重要的是电话那端的人，我讶异于人与人之间的情感竟可压缩在一张写着 11 个数字的纸片上，或一个社交网站的注册帐号上。如果有一天没有了电话和社交网站，是不是有些人就会永远消失于我们的生命中？

终于，电话那端传来了接听的声音，我快速地演练一遍说 Hi 的语调，接下来却听到了一连串听不懂的阿拉伯文，然后就转接到语音信箱了。

他早就离开埃及了吧？和我想的一样。

真的，我一直以为自己是害怕说再见，但其实更怕的是永远的分离。很长一段时间之后，我才知道对于我们生命当中的许多邂逅，连好好说声"再见"都是奢求。

我已经记不得这是第几次想起那些人：脸上总是带着淡淡的微笑的马来西亚女孩、让人感到温暖的巴西情侣、美丽大方的德国女孩、骑重型机车的英国男孩……我只是想知道你们在世界的某个角落好好地生活着，跌倒了还会哭得像小孩，但拍拍土、揉揉眼再站起来就好了。

这样，就很好了。

2013 年 3 月，在前往北极圈的路上，我在笔记本上留下这些文字。

刚下飞机，不知为何登录了平常不太使用的电子信箱，在收件夹里看到了一封几乎是在我写下这些文字的同时寄来的信，竟然是那个我以为再也联络不上的朋友写来的。他找出我在好久之前寄给他的一张照片，循着上面的邮件地址和我联系上的。

半年多后，在同一个时间点，我们重新联系上彼此。

相遇本身就是一个奇迹。

这不是人人都想听的旅行中的艳遇故事，我之所以用笔记下那些与人相遇的过程，就是为了提醒自己我是多么幸运的人。

关于
流动
埃及
(Egypt)

书也在旅行

在世界各地的很多旅馆里都有书架,让旅行的人把看完的书留在那里,再挑一本自己想读的带走。

那天我把看完的《猜火车》(*Trainspotting*,苏格兰作家欧文·威尔士的知名小说,同时还有据小说拍成的同名电影)放上书架,同时在里面夹了一张明信片,写给下一个拿到这本书的旅人,希望他跟我一样,看完的时候也写一张明信片给下一个旅人。

一个巴西人跟我说他在马来西亚时,曾经在一本书的第一页写上了自己的名字和看完这本书的日期,后来他把书给了一个加拿大人,加拿大人也把名字和日期留在第一页。一年多后,他在曼谷某间青年旅馆看到这本书静静地躺在书架上。翻开第一页,他看到自己的名字后面增加了好多人的名字。书被这些人辗转带到曼谷,如今又出现在原主人的手中,真是奇妙!

在他旅行的日子里,他的书也在旅行。

我在开罗遇到一个日本人，他说他在阿富汗的时候，看到很多早在日本淘汰的旧巴士仍被使用着，许多巴士车身上仍然写着某某幼儿园或某某公司的名称和电话。他把看到的这些巴士拍下来，再根据车后的电话重新联系上这些学校和公司，然后把照片冲洗出来，寄给他们。

另外，他请这些学校和公司拍一张现在使用的巴士照片寄回来，他把这些照片拼在一起贴于墙上。一边是各公司淘汰到阿富汗的旧车，一边是现在在日本使用的新车，两者一相比，真是有趣又可爱。

世界真的很有趣，只要你用心感受。

关于分离  肯尼亚（Kenya）

聚散离合终有时，历来烟雨不由人

我有一段时间，仔细记录下了与每个人分离的场景。

秋天来了，我要离开那座城市。

已经不记得进出那座城市多少次，要走的那天，明明知道公交车再过 15 分钟就会开走，我还是拖着步子走得很慢。有个朋友下班后赶过来，只为了跟我说声"再见"，而我们不过刚认识几个星期。

"你有没有买点食物带着？公交车要搭很久。"

"忘记了，我现在买。"

"没时间了，车要开了。"

"错过这一班就算了。"

然后我熟练地抓起两个干面包，不需要问老板价格，直接从身上掏出钱，一分不少地付了。老板一边把面包装进袋子，一边问我要去哪里。

"我要离开了,我的意思是,真的离开了,以后也许没有机会再回来这里。"

老板没回话,把袋子打好结后放在我手里。

我怕自己不小心又做出"一定会再回来"的承诺。

上车,放下背包,戴耳机,打开笔记本。

我发了短信告诉他:"谢谢你把我当成一辈子的朋友。"

耳边响起音乐来:

The wheels just keep on turning(车轮在滚动)

The drummer begins to drum(鼓手在敲鼓)

I don't know which way I'm going(我不知道自己将前往何方)

I don't know which way I've come(正如我不知道自己来自何处)

——酷玩乐队《永远》(Coldplay *Till Kingdom Come*)

我在车上睡了长长的一觉。

天刚亮,搭了船去尼罗河的另一岸,那里有稻田、杂货店、光脚奔跑的孩子、骑在驴背上悠闲晃荡的人们。我骑着破旧的自行车在田间走了几天,戴着紫色头巾的妇女邀我一起喝茶。因为我要先去买牛奶,承诺她回来时一定喝。回去时,路灯亮了起来,她已经不在那里。

一个有星星的夜晚,天很黑,小镇的清真寺建筑样式很简单,但人们很虔诚。我和 H 走过一片又一片的田野,有的农作物长得

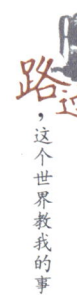

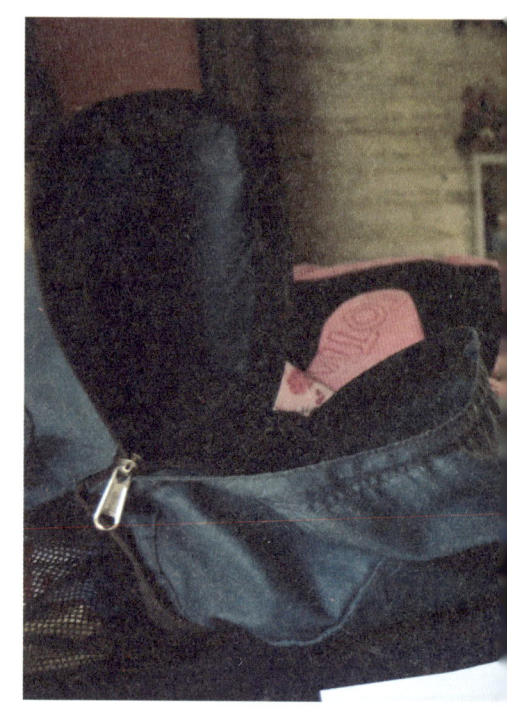

比人还高。他教我在肯尼亚如何跟人打招呼,虽然他自己也并不怎么熟练。清真寺的祈祷声结束后,田野中只剩下我们的笑声,远处的农舍偶尔传来几声犬吠,尼罗河的河水就在我们耳边流淌。

  我很喜欢夏天尾巴的夜晚,天气很热,我们没有胃口,于是一起吃沙拉。

  他离开的那天晚上,先上了火车把行李放好,再下来月台与我告别。除了"保重""小心""再见"之类的话语,我们没有多说什么。有时,无声的拥抱已胜过任何言语。

后来在非洲的日子，有好长一段时间我都没有遇到其他旅人，也没有人听懂我在说什么，有时候甚至一整天都没有说一句话。在一个宜人的傍晚，我在路边搭起的一个小棚子里吃饭，旁边的每个人都盯着我，也许他们觉得一个亚洲女生出现在这个都是非洲男子的棚子里不太协调。老板很努力地用英文说明他们有什么食物，我指了指旁边桌上的盘子，说要一样的东西就可以了。

在老板将一盘食物放到我桌上的同时，有人拨开帘子探进头来，我们两人目光相遇的瞬间同时愣住了，好久没有遇到同样在

旅行的人，好久没有遇到可以用英语沟通的人。

"你在旅行吗？我一路上都没有看到任何外国人。"

"你觉得我为什么很惊讶？"

我们不停地说话，好像要把几个礼拜以来没有说的话一股脑儿补齐。小镇晚上完全没有灯，但是非洲人点起蜡烛也可以跳舞，不需要欧美流行音乐的伴奏就能跳上一整晚。他脚下踢着快乐的舞步，要跟着非洲人一起跳到天亮。

"明天见。"

"明天见。"

隔天我去了另一个小镇。回来时，有个非洲女孩告诉我，他来找过我，以为我已经离开，后来他往北边走了。我们对彼此说过的一句"明天见"，结果变成了"也许这辈子再也不见"的遗憾。

那次之后，我又跟好些人说过"再见"。有时不忍说出口，等意识到对方已经离开时才喃喃自语。

接着是与一对日本夫妻和一位日本男孩的告别。

那对日本夫妻要走的时候，我说："快点走，不然我会哭哦！谢谢你们这么照顾我。"结果我们一起哭了。

日本男孩要走的时候，给了我一个拥抱。但有一次我看到他和另一个日本人说再见时，只握了手就离开了。

"你们日本人不习惯拥抱彼此吗？"我问

"对啊！握手就可以了，拥抱很怪的。"他说。

但他要走的时候，却给了我一个拥抱。

对我来说，每一个拥抱都很珍贵。

还有很多说再见的情景在我脑海里上演。

有一段时间，我仔细记录下与每个人分离的场景。对别人来说也许冗长又无趣，但我却觉得这是一件很美的事。

写下来除了练习告别，也提醒自己从来都是收获许多的人。

离开并不代表失去。

希望他们在世界的任何角落都过得很好。

The wheels just keep on turning

The drummer begins to drum

I don't know which way I'm going

I don't know which way I've come

后来，我再也没有听过这首歌。

关于
社会责任

乌干达（Uganda）

 比冒险更值得骄傲的是保护家园

很久以后，也许我想不起喜玛拉雅山有多高，红海有多蓝，沙漠有多辽阔，但我一定会记得每个旅途中遇到的人，还有他们教我的事。

世界上有那么多人，我们相遇的机会微乎其微，从来都不只是"遇到"那么简单，还有彼此相遇后碰撞出的心灵火花以及留给彼此的记忆。

距离刚果还有25公里，雨下个不停，公交车要开走了，司机从后视镜中看到追着车奔跑的我，于是减速下来让我上了车。

有个乌干达男人坐在我旁边，抱着一沓厚厚的资料。

"你来乌干达玩吗？"

"对。"

"这是我经营的旅馆，上礼拜刚开始试营业……"

"对不起，我只能住很便宜的地方，预算很紧。"

他话还没说完就被我打断,当时我以为他是在推销。

巴士路途很长,在聊天中我得知他花了很多时间在社区活动上(Community Activities)。他的旅馆开在我要前往的国家公园外面,他说:"国家公园是1980年成立的,原本那块土地上有很多人居住,因为国家公园的成立许多人被迫迁走,我和我的家人就是如此,我们现在想用自己的力量帮助那些当年被迫离开熟悉的居住环境的人。"

因为对他所做的事产生了兴趣,于是我决定去他开的旅馆看看,那是几个月以来我第一次住在有热水的地方。

他带我走进当地的村落。他教当地居民种植经济作物,如何在不使用农药的情况下利用其他植物的特性来消除害虫。他教他们英语,还教当地妇女用森林里的种子做手工艺品……他旅馆的员工都来自村落,部分收入回馈社区,建旅馆所用的建材都来自当地。当我们走进森林里,他教我分辨植物的种类。他餐厅里的瓜果都是当地农夫亲手种植的,现摘的树番茄吸饱了阳光,满是泥土的芬芳。快要吃晚餐之前,我们一起到田里挖马铃薯。

"赚钱没有什么错,但是要尊重环境、保护环境,要知道人类只是地球上的生物之一。有能力时要帮助别人,你看到的就是我能为家乡所做的事。"

即将离开时,他邀请我在旅馆外种下一棵树,他希望每个来到这里的人都能种下一棵树,这样森林就永远不会消失。

我种的树不会结果实,是让人遮阳乘凉的树。他在树前插下一块木板，写上我的名字以及我来自哪里。也许几十年或几百年后，在刚果和乌干达的边境，有人会在这棵由来自中国台湾的女生种的树下乘凉、聊天和说故事。

感谢那场雨，让我没有一早出门就搭上班车；感谢司机特地慢下来让我上车；感谢自己愿意相信他人；最重要的是谢谢这个世界上那些默默做着好事的人。这些人用自己的一言一行实践出来的事，远比翻山越岭的刺激冒险更值得骄傲。

不久后，当在BBC新闻报道上看到刚果的内战愈演愈烈时，我内心充满了感伤。

关于温暖 **格鲁吉亚**（Georgia）

初到格鲁吉亚的温暖与美好

格鲁吉亚是位于亚洲西南部高加索地区的国家。

从亚美尼亚（Armenia）到格鲁吉亚那段火车旅程，沿途的风景，美得令几年后的我依然记忆犹新，如今回想起来时耳畔还会响起火车轮滑过万亩草皮的声音。我经历了整整一天的车程，原本想好好睡一觉，却因为沿途的景色太美而不忍阖上眼。

抵达格鲁吉亚的那个晚上，天气微凉，当我走出车站的时候已经过了午夜，所有的交通工具都已经停运。我在火车站附近踱步，不知道自己在哪里，也不知道该去哪里。

几分钟后，我才意识到自己已经身处另一个国家，接下来不管要去哪里，都得先换到格鲁吉亚的纸钞才行。我绕着车站转悠，几乎试遍每一台取款机，但没有一台接受我的信用卡。三更半夜的，当然也没有地方可以换钱，我只好坐在车站前的台阶上，眼睛不停打转地看着车站里的每个角落，找寻适合休息的地方。

"你……危险……睡觉……这里。"就在我打定主意在火车站过夜时，几个与我年纪相仿的年轻人走过来，他们口中说着几个简单的英文单词，想尽办法拼凑出一个断续的句子。

我用了很多单词，再加上许多表情和动作，让他们知道我没有格鲁吉亚的纸钞。他们左右张望，然后拦了一辆计程车，帮我付了车钱，关上车门时，还不断说着要我"路上小心"的话……

司机将我载到了一间青年旅馆，但旅馆的大门掩着，看起来像是关门了。我敲敲门，开门的是一个金发碧眼的女孩，她开门后说的第一句话是："快点进来。"

幸好她说着流利的英语，我不好意思地解释着自己为什么会在这里："我身上没有现金，原本要睡在火车站，但有人帮忙叫了计程车送我到这里来……"话还没说完，她却叫我先把背包放下来。

她倒了杯水给我，接着要我在沙发上稍坐一会儿。她明明知道我身上没有钱，却还是找了一个空床位，铺上了干净的床单，然后跟我说："很晚了，你先睡觉吧，明天再说。"我盯着她看了好久，觉得她好美。几分钟之后，我才挤出了一句："谢谢你，我不知道该说什么，只能谢谢你。"

她笑笑对我说："不要客气，欢迎来到格鲁吉亚！"

这是好几天以来第一次有机会真正躺在床上，我庆幸自己不是在任何交通工具上或公共场所里。窗外的风呼呼地吹着，感觉被窝好暖，心好暖！

关于
了解
比利时
(Belgium)

从电话里的一声"喂", 妈妈就知道我感冒了

"喂,妈……"

"你感冒了?"

"……没有,我刚睡醒。"

我妈每次都能在接起电话的那声"喂"里听出我感冒了。

为了不让她担心,我总是撒点谎,如同在 22 年以来的其他事上。我在中东、南亚、非洲这些地方旅行时,有几次差点再也看不到她,也差点丢了左脚要坐轮椅回来,还有当我与中国台湾驻外办事处签下如果发生意外他们不必承担任何责任的切结书时,心里对妈妈充满了愧疚感。

我常常觉得,我妈根本不懂我。

去年冬天,我左脚感染的蜂窝性组织炎刚复原,有几个早晨,脑袋还没完全清醒,我感受到左小腿一阵发麻,便当即紧张地跳下床,直到确定自己还能走路,才松了一口气坐回床上。

后来到了欧洲，赶紧拜托当地的朋友帮我买抗生素。

"要赶快把脚治好才行，不然回到家妈妈会发现，如果她知道我在非洲生病，一定很生气、很难过……她不懂我啦！"我对朋友发着牢骚。

"那你懂她吗？"朋友问我。

然后他跟我说了一个故事。

他爸妈要结婚时，爷爷很反对，没有任何妥协空间地警告他爸爸："如果你们结婚了，我这辈子都不会再跟你们有交集。"后来他爸妈还是结婚了。之后的几年，他们真的一直没有来往。直到我朋友出生，他爸爸觉得还是应该打电话告知一下，可当他爷爷听到小孩出生的消息时却马上挂掉了电话。

几年过去后，他们的关系稍微改善，但有件事直到爷爷快过世时他们才知道。

这是爷爷躺在病床上告诉他们的，其实当年挂掉电话后，爷爷马上出门去了玩具店，买了一个可爱的泰迪熊。

"我告诉你这个故事是想让你知道：不要抱怨父母不懂你，也不要在你根本没有给他们机会了解你之前，试图去改变对方，我们都知道那是不可能的，试着去了解和宽容才是我们应该为所爱的人做的事。"朋友说。

也许妈妈不需要母亲节大餐，也许她只需要常常有人陪她聊聊天就行，就像我们每个人一样。

关于伤害  冰岛（Iceland）

 学会原谅那些伤害过你的人

刚入冬的一个夜晚，我们窝在沙发上等待着一年中黑夜最长的一天的到来。这天之后，白昼渐长，黑夜愈短。那天晚上特别冷，原本想热了红酒来喝，但身体被毛毯裹得暖暖的，随即丧失了做这件事的动力，只是不断地把红酒倒进玻璃杯里。忽然感觉这一刻的时光好奢侈，即使无法暖身也暖了心。

我想起一些事情，一些希望自己能够放下的事情，因为我明白人生太过执著，终会导致痛苦。此刻，我也许有点哽咽，我问坐在身旁的朋友："为什么有些人总会做出伤害别人的事情，他明明知道那样不好，但还是对别人的感受不理不睬？"

"我跟你说一个发生在纽约地铁的故事。"他说，"有一天，一个爸爸带了3个小孩上地铁，男人一坐下之后就闭起眼睛休息，他的孩子们不断地吵闹，在座位上跳来跳去，最后甚至大声尖叫起来。车厢内的每个乘客都不堪其扰，后来有一位男子忍不住了，拍拍那位父亲的肩膀说:'不好意思打扰你,你的小孩太过吵闹,已经影响到每个人的情绪,能不能请你好好管教一下他们呢?'男人眼神空洞地说:'我知道他们很吵,但是……我们刚从医院回来,他们的母亲今天被宣告得了不治之症,我不知道该怎么面对这样的事实,孩子们听到之后无法相信那是真的,也许这是他们处理悲伤与震惊的唯一方式。我不知道我该不该阻止他们,如果你有什么好的建议,请你告诉我好吗?我何尝不希望有人告诉我该怎么做,该怎么面对孩子、面对未来?'"

"我想我懂你的意思。"听完故事后,我对朋友说。

"人做出某件事是有原因的,"朋友继续对我说,"也许你就是在这样的情况下被这样的人伤害的,你却不断回想,问自己为什么,有时候就是因为迷惘、失落、绝望,所以对方做出了让人无法谅解的事。当然也不是这样说就能合理化他们做出的事,但总之,我们要学会放下,有些事情的发生,你永远也琢磨不出它的原因,不要跟它过不去就是了。"

我想了一会儿,掀开毛毯,从沙发上跳了起来。一股寒意刺进皮肤。我扭开煤气炉,热起了红酒。

是的,学会放下,去原谅那些曾经伤害过你的人。

关于末日 斯洛文尼亚（Slovenia）

 **"拥抱！这里有免费拥抱！"**

    火车驶过覆盖着白雪的前南斯拉夫国家，我在婆罗洲（Borneo，世界第三大岛，位于东南亚马来群岛中部）认识的几个斯洛文尼亚人说他们家永远有一张沙发留给我。我们相识在热带岛屿，在暖气旁聊起当时一群人在婆罗洲每天用掉三筒氧气筒，潜水后的夜晚喝着廉价的朗姆酒聊天到半夜，天亮前一起跳进海里裸泳，等着看日出。

    真是一段快乐的时光。但是怎么听，都像在说着别人的故事。再一次和他们碰面，恍如隔世。

    2012年12月21日，人们不断说着那天是世界末日。那是一个空气干冷的下午，走进斯洛文尼亚的城堡里，踏过几百个台阶后终于到达城堡的最顶端。我的身子暖和了一些，往下看让人晕眩的旋转楼梯，看见有个身影跑上来，他在努力说着什么，但我一时听不清楚，等到他的身影渐渐清晰，我才听到他边跑边说："你有没有打火机?"

"没有哦。"我答。

"为什么大家都没有打火机?你要不要和我一起去找城堡里的火龙,向它借一下火?"

"好!"我毫不犹豫的回答让他感到十分讶异。

太阳渐渐下山,我们走在城堡里,沿路问别人有没有看到火龙的影子,所有人都报以温暖的微笑。那是一个圣诞节即将来临的雪白冬天。

"你有看到那个地窖吗?我觉得火龙一定被关在那里。"他说。

"对啊,我们把整个城堡都走遍了,没有藏在其他地方的可能了吧!"我回答。

我们沿着台阶走下去,像电影里所演的场景一样,尽头是一间小教堂,微弱的烛光旁边坐着一个金发女孩。她大大的眼睛对我们眨呀眨,然后用斯洛文尼亚文在纸上写下"圣诞快乐",递到我们前面。

我们一起走过结冰的街道,脚底不时打滑,再伸手拉对方一把。最终我们还是没有找到喷火龙,但却找到了一辈子的朋友。

翌日一早,我在零下十几度的天气里喝着热咖啡,杯子里的咖啡没多久就凉了。

我抬头看着他,没头没脑地说:"我们去街上给人们免费的拥抱吧,天气这么冷,大家需要彼此的拥抱。"

他想也没想就回答:"好。"就像我昨天答应和他一起去找喷

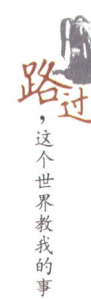

火龙一样。

  他马上找来两张纸板,还有几支麦克笔。我们在纸上写下"免费拥抱""天很冷,你需要拥抱"等字样,然后跑到街上去,用一点儿也不标准的斯洛文尼亚语喊着说:"拥抱!这里有免费拥抱!"后来我们又跑过教学堂前的广场、圣诞市集和国际精品店林立的大街。

  我不记得我们拥抱了多少人,但是一直记得市集里卖着手织商品的奶奶为我披上围巾、戴上手套;出门郊游的孩子们一窝蜂

地冲向我们；街道对面的女孩看到我举着牌子，在绿灯一亮起时就向我跑来，把我扑了个满怀……后来，一群斯洛文尼亚女孩加入我们，我们在小小的城里走了一遍又一遍，一起喝着热热的红酒。每个人的脸都红红的，心暖暖的。

尽管来吧，世界末日。

我会说着这些故事到最后一秒，我清楚地记得自己有多爱这个世界。

如果我死了，可以说都是被美好的回忆杀死的。

关于信任  芬兰（Finland）

他们把我捡回家

在北极圈的日子很安静。

朋友们在结冰的湖面上凿了洞，垂着钓竿静静坐着。他们在小木屋生起火，手里握着插上香肠的长叉子，盯着红红的火舌将它慢慢吞噬，直到肉汁滴落在木炭上。晚餐就这样完成。他们家里放着几把猎枪，隔壁邻居偶尔会送来新鲜的麋鹿肉。他们在桑拿房里喝着酒，一踏出桑拿房人就躺在雪地上，如此冷热交替，就像蒸桑拿一样。他们带我穿越积雪及膝的森林，在湖边的小木屋里煮了茶。

T是我在北极圈认识的第一个沙发主人。见面时，他笑着说："我已经在沙发客网上混了两年，你是我的第一个沙发客。"

"没人想到可以在北极圈当一名沙发客吧？"我问。

而他总是说："我家就是你家，想做什么就做什么。"

他的小木屋旁有一座冰凿的小教堂，教堂后方是被针叶林覆盖的山丘。那个晚上，我们穿着雪地靴，准备登上山丘看极光，好几次，我掉进松散的雪堆里，几乎被雪淹没胸膛，我们不断地拉对方一把，一点一点往上爬。中途遇到全副武装的登山队，他们瞪大了眼睛盯着我们，说我们既没有防风的雪衣，也没有登山手杖，连照明工具都只是手机上的 LED 灯，却胆敢登起山来。我和 T 沿路谈论着登山队看到我们时的表情，笑着登上了山顶。

还记得自己当时是多么不情愿离开北极圈，但又不得不离开，因为必须把车开回赫尔辛基（Helsinki，芬兰的首都）归还。我决定在最后一天再开 1 000 公里回到城市，傍晚时到达距离赫尔辛基 500 公里的地方，我明白今晚是没有办法把车开回去了，必须找个地方过夜。

我走进快餐店，利用等餐的时间在沙发客网站上发了一篇文章，并留下电话号码，再匆忙跳上车离开。在车上我一直想：会不会有人看到文章后，真的拨电话给我，让我在他家的沙发上借宿一晚？

这时手机真的响了，对方什么也没问，直接说："我家有张沙发床，你不介意的话，可以借住一晚，不过我女儿第二天一早要上课，你可能得早点到。我现在就把地址发给你。"

经过几百公里的车程之后，我躺在他家的沙发上，他从冰箱里拿出各式各样的食物款待我，还一脸抱歉地说："虽然不是什么特别美味的食物，但你一定饿坏了，想吃什么自己拿吧！"

我答："你太客气了，我很感谢你毫不犹豫地让我留宿一晚。"

"这没什么啦！反正我家沙发空着也是空着，我常跟女儿说有能力帮助别人时就一定要去做，对我们来说没有什么，对别人来说却是很大的恩惠。"

他的女儿穿着印有卡通图案的睡衣，走出房门对我说晚安。那个晚上，我睡得很好。

翌日一早，我跟着他们一起出门，彼此说了再见。看着他牵着女儿的小手渐渐走远，我心里默默地为他们祝福。

回到赫尔辛基之后，我才发现信箱里有几封其他沙发主人寄来的信，遗憾当时没办法及时看到："我看到你在沙发客上的留言了，我家有空闲的客房可以让你借住，这是我的电话，打给我，我可以去车站接你。"

"不知道你找到住的地方没有，如果你不介意睡小沙发的话，欢迎来我家住一晚，希望你可以在晚餐前抵达，今天晚上我们家煮了很丰盛的料理。"

"我看到你的留言了，我现在不在家，但是我家钥匙就在信箱里，这是我家地址，你自己开门进去吧，想吃什么、用什么都自己来。我家的猫很萌，希望你们可以成为好朋友。"

我把一封封信读了一遍又一遍，他们善心之举让我相信人与人之间真的存在着这么单纯的信任！生命当中可以遇上这些人，我觉得自己何其幸运！

他们在零下 20 度的寒冬里，给了我家一般的温暖。

On the Road 2 相遇与学习

关于
相遇

荷兰
(Netherlands)

 相遇的机会本身就像发生奇迹般微小

  我忘记了那个住在雅加达（Jakarta，印度尼西亚的首都）的加拿大人的名字，但我永远记得他的人。初春清晨，在阿姆斯特丹机场，我又想起他来，也许我们再也见不到彼此。

  几个月前，在这里排队准备过海关时，忽然有人拍拍我的肩膀用中文问道："请问你的笔可以借我一下吗？我要填入境卡。"

  "你怎么知道我会说中文？"

  "你的护照啊！"于是我们开始聊天。原来他曾被派到中国台湾工作，现在住在雅加达。

  过了海关后，他一边看着屏幕确认自己的登机口，一边说："我们可能搭过同一班地铁，或是在地铁出口擦肩而过喔！"

  我们边聊天边往登机口走去，他在D登机口前停下来，说："好，我要在这里上飞机了。"

  "嗯，我的登机口是F，一路顺风。"我答。

他转身后又回头说:"我居然不是在台湾遇到你,而是在这个我只来过一次的机场。这么微小的机会。"

"相遇的机会本身就像奇迹般微小,但是每个人最后都有该去的方向。"

"跟人生一样啊!"

"一模一样。"

真的一模一样。

③ 经历与成长

在苏丹的那段日子,我有很长一段时间没有遇到可以说话的人,它仿佛是一段被人从日历上偷偷撕走的小时光。
但孤独也许是必须的,我路过的世界教会我如何与自己握手言和。
原以为坚强的人没有脆弱的一面,但所谓坚强就是承认自己的软弱。

关于生活 / 埃及西奈半岛 (Sinai)

 在西奈，慢生活

前前后后回到西奈半岛好几次，回头看那些日子，每一个瞬间都充满记忆和思念。但每一次回去，都觉得那一刻的海、风、阳光、空气、周围的人，还有自己，和下一刻有多么不同。

当时总是贪心，想把一切都记录下来。笔记本里已经有好多在伸手不见五指的夜晚摸黑写下的句子，相机里有许多再也看不到的背影，钱包里还夹着几年前夏天在托斯卡纳（Tuscany，位于意大利中部）的火车票票根。我到现在好像还能听见火车正穿过一片又一片的向日葵花田，前往下一个小镇阿莱佐（Arezzo），那里因拍摄过电影《美丽人生》(*Life is Beautiful*) 而闻名。

后来在西奈的日子，我不写字了。

就只是生活，好好地享受生活。在太阳升起时自然醒来；学习将面粉和水揉成面团，烤成一片片的面包；一个人唱歌、思考，品尝最简单的味道；走几公里路去汲取饮用水，然后珍惜每一滴；

认真地与人对话，再好好地反思；潜入大海并被它迷得无法自拔，再感谢海洋赐予的食物；枕着整片星空入眠，做个好梦，试图牢牢地记得……总之，就是好好地生活。

有一句话我在一间面海的草棚里想了好久，等到要写的时候，已经想不起来。阖上笔记本，想说服自己它没有消失，它就在记忆的断层里，总有一天，它会苏醒过来……

关于孤单 / 苏丹 (Sudan)

 **在心里修篱种菊，与自己握手言和**

在苏丹的那段日子，我有很长一段时间没有遇到可以说话的人，它仿佛是一段被人从日历上偷偷撕走的小时光。但孤独也许是必须的，如果没有那段看似空白的日子，我没办法看清自己，还有自己与他人、世界的关系。有时候，觉得自己就像是在滚轮上来回奔跑的小老鼠，最后所需要的不过是寻机跳出那个无限循环的怪圈。

有时候，就只想和自己一个人说话。

有时候，在 Facebook 的好友名单上看一遍，将自己的手机电话簿翻一遍，手指头在几个熟悉的名字前犹豫了几秒，最终还是没有点开来，或者点开以后，又按了关闭键。也许我需要一个人静一静。

有时候，躲在自己的世界不愿改变，等着别人丢下绳索将自己拉出来。

有时候，我只想找个地方好好大哭一场，却发现世界上没有这样的地方。

我去过很多地方，淌下过汗水，流下过眼泪，当时觉得并没有学到什么，然而当人事几番更迭之后，我终于明白，把纷纭的世界简单化就是生活教给我的道理。

原以为我需要找个人说话，其实最需要对话的人是自己。原以为有些话该说，然后发现没什么是该说的，该说的都说了，没说出口是因为没有遇到对的时间点，如果此刻说出来就像是餐桌上不合时宜的年节装饰品，怎么样都显得突兀。

原以为人只要简单地活着就可以，却不知道每个人的心里都有一个洞，无止尽地吞噬着一切。

原以为只要别人对着洞里丢下绳索，自己就可以自由，却不知道，其实绳索一直都在那里，是自己不愿意去抓。因为害怕抓住之后，绳索会应声断裂，是自己无法相信自己可以更勇敢一点儿。

原以为坚强的人没有脆弱的一面，但是所谓坚强就是承认自己的软弱。

我还是什么都不懂，在生活的路上，我一直跑，也一直跌倒。孤独也许是必须的，但我路过的世界教会我如何与自己和解。

关于寂寞

乌干达（Uganda）

旅行的人有点寂寞

其实，旅行的人有点寂寞。

不是在长长的路途中没人聊天、打扑克，不是在完全陌生的地方无法用语言沟通，不是好几天都遇不上一个同样在旅途中的人，也不是住在喧闹的街区自己只能默默上楼写日记……而是我深深了解，每个人都只是一个独立的个体。

旅途中，总可以遇见各种不同的人，然后都毫无顾忌地笑称对方是疯子，于是一群旅人的相遇便变成一群疯子的狂欢。大家一起探险，都记得《荒野生存》（*Into the Wild*）里的台词，背包里装一本破破旧旧的笔记本记录着那些走过的路程；大家一起骑车，穿过泥泞的土地，摔倒了便笑笑站起来拍拍身上的尘土，以为自己在主演《摩托日记》（*The Motorcycle Diaries*）；大家一起对着地图指指点点，七嘴八舌地交换信息，常常惊讶于明明彼此来自不同的成长背景，却有着如此相似的想法。

国籍、种族、性别、年龄、职业……都不能将我们从中区分，我们每个人不再代表那些符号，每个人都是独一无二的生命体。

我们来自世界的不同角落，却相遇在相同的国度，我们将相遇的感动铭记于心，然后各奔东西。因为深刻意识到人生的每一次相遇都是久别重逢，知道这一次离别是为了下一次重逢的开始。

一个人在城市的角落兜兜转转，从这间墙壁斑驳的旅馆到那家水管破裂的民宿，无数个在交通工具上度过的夜晚，让人疲惫不堪……

旅行真的不是那么好玩，不是因为生病，不是因为遇上坑蒙拐骗的事情，而是因为旅途中的寂寞。而寂寞是旅人的宿命，真实、深切又让人无力反抗。

世界上所有的事物每天都在变，唯一永恒不变的就是变。

关于故乡  乌干达（Uganda）

旅人的乡愁

每当旅人说起自己故乡的模样，语气总是温和平缓，眼底尽是怜爱。偶尔提到故乡不尽如人意的地方，他们马上会用转折的口吻说出故乡更多美好的地方，"虽然……但是……"这样的句式不时可以从他们的口中听到。

我盛了一杯茶，氤氲的茶气把眼睛蒸得湿润。几百个昼夜以来，看过的风景犹如走马灯里不停闪动的图像，在我脑海里时常浮现。我试图把故乡的名字别在胸口，垂下眼就能看见。那杯茶仍然冒着热气，不确定这是不是旅人口中的乡愁。把茶杯紧紧握在手心，直到滚烫的茶汤温暖了手掌，烟也慢慢散了。把茶杯缓缓推向双唇，在茶水尚未进入喉咙之前，思念就已然清晰，只是没说，没说出口。

将它一口喝干，想不通色淡如水的茶汤怎么像是在波希米亚（Bohemia）尝过的药酒一般浓烈。想起那些在路上看过的风景、忘不掉的人和事,禁不住鼻酸。身体暖和了一些,张眼望向杯底,那些深远的往事不由浮现脑海。是夏日某天午后,躺在老旧的皮沙发上,冷气轰隆轰隆地运转着,妈妈穿着围裙从厨房走出来,把切好的西瓜放在桌上。同时,邮差按响了门铃,一声"挂号信"好像在炙热的空气中蒸发了一般,他总是在固定时间来,仿佛知道我最喜欢的卡通节目要开始了。

"喝完了吗?杯子可以收吗?"有人问我。

我从想象中缓过神来,仿佛被人从宇宙的另一端拉了回来。有好多话想说,但那些句子都掉落在了宇宙的另一端,来不及带回来。离开时,仔细瞧瞧桌面上有没有遗落的物品。明明空无一物,却十分肯定有什么掉在了这里,转头用尽全身力气只能挤出一句话:"还是故乡的茶比较好喝。"

一阵晕眩。半梦半醒之间,我花了几分钟——也许更久,才想起自己人在乌干达。

夏日的蝉在唱着歌,仿佛在说起自己故乡的模样。

关于
转折

坦桑尼亚（Tanzania）

 **我用双脚丈量完东非**

朋友说:"台北开始变冷了,已经到了早上起床会把闹钟按掉再多睡一会儿的天气。"

我常在乘公交的间隙看世界地图,查看自己走过的里程数,想想自己有多渺小,世界有多大。但无论世界有多大,都没有到不了的地方。那些地理课本的地名总是让人有过多幻想,也总让人有过多误解。每到一个地方,都要把原有的想象和实际的样貌细细对比、缝合一番,才能拼凑成我所认识的世界。

半年的几万公里,多少个在交通工具上度过的夜晚,多少个在墙壁斑驳的房间里醒来的早晨……我看过非洲最美的样子,也记得那些让人不忍心别过头去的瞬间。生过病、流过泪,也几乎放弃过,人真的不会无缘无故就变得勇敢,除非勇敢成为唯一的选择。

最让自己引以为傲的是,我通过陆路走完了东非。

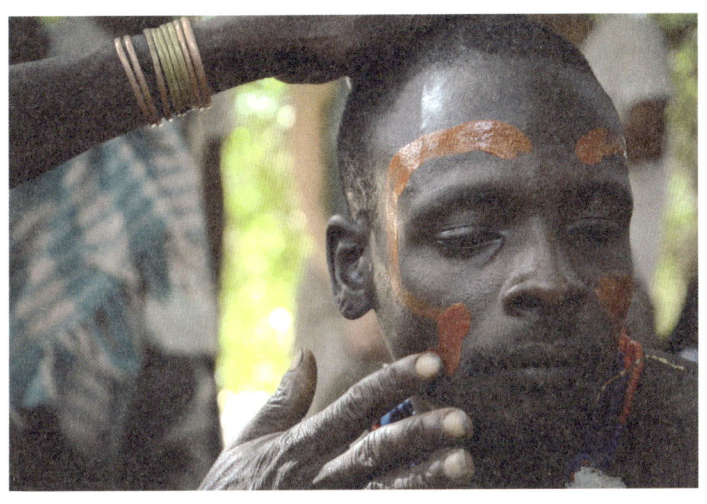

关于
适应
比利时
(Belgium)

 穿着短袖回到零下 12 度的欧洲

我又回到了欧洲，气温零下 12 度。

10 个小时前，我明明还在非洲，汗流浃背地到达那个像公交车站一样的机场。

双脚一踏上欧洲的土地，我才发现自己来得多么不合时宜，忘记欧洲的冬天有多冷，身上还穿着那件陪我在非洲走过几万公里的 T 恤，而脚上套着的还是在西奈半岛海边捡到的拖鞋，但这双拖鞋刚才在飞机上也好像功成身退般断掉了。我穿着破 T 恤，脖子上挂着狮子牙齿的吊坠，光着双脚走到欧盟海关，有点担心会被拒绝入境。当我指着身上的 T 恤告诉对方，我没有回程机票，没有任何酒店的订房记录，整个背包只有无袖和短袖衣物，现在外面飘着雪，我真的就这么毫无规划、毫无准备地来到欧洲时，海关笑笑在我的护照上盖章，亲切地告诉我到入境大厅后往右边乘电扶梯，搭火车就可以直达市中心，买件外套，找个地方落脚。

幸好小巴士没有拥挤到令人无法呼吸，路面也没有颠簸到令人无法坐正，空气中也没有飘浮着让人直打喷嚏的尘埃。一切都整洁干净，有条有理。

　　但冰冷的空气一灌进鼻腔，我的眼睛立即红了，鼻子也酸了，在非洲的那段日子像一辆庞大的砂石车驶过柏油未干的公路，在我脑海里留下深深的烙印。

　　我收拾好盥洗袋、护照套、背包，再把自己塞进交通工具，自顾自地缅怀。食物、气候、禁忌、文化习俗，每个地方都不同。它们在这一个地方扎根，但在另外一个地方就被拔起，所有东西瞬间被摧毁再重新建立，这许许多多的日子，以及往后不知道多少个日子，都是如此。

　　有时候觉得自己再这么走下去，也许就慢慢消失了，像那件掉在婆罗洲的短裤、留在斯里兰卡的笔、被红海冲走的人字拖、掉在刚果雨林的毛衣。它们并没有从这世界上消失，但就是再也找不到了，时间久了就会忘记它们的颜色、模样，甚至忘记自己曾经拥有过。

　　曾经对欧洲抱有那么多幻想。布拉格、伦敦、法兰克福、慕尼黑、柏林、维也纳、布达佩斯、巴黎、亚维农、坎城、佛罗伦萨、罗马、阿姆斯特丹、布鲁塞尔、卢森堡、日内瓦、苏黎世……不同的英文字母组合成这些城市的名称，让人充满遐想。

　　再回到布拉格，我依然记得最后一站地铁的站名；再回到巴黎，我还是会在莫奈的画前呆呆站着；再回到布达佩斯，我还是

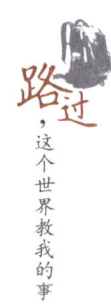

可以轻车熟路地找到那间老相机店；再看到那张在托斯卡纳的火车票票根，我还是可以想起那片绵延 96 公里的向日葵花田……

那么，有什么变了吗？

那天下午，整个城市被薄雪覆盖。我围好围巾、套上靴子走到户外，雪地上留下的鞋印没过多久就被雪重新抹平。我好像自己已经在这里生活了很久一样走进超市，对着手上的购物清单，慢条斯理地把需要的东西一样一样放进购物车。回去的路上绕过公园，看着结冰的湖面，想起陪我走过斯里兰卡的那本《麦田里的守望者》，如今它在哪里？

脱掉靴子，看到脚上还有穿人字拖时留下的晒痕。总觉得自

己很冷漠，轻易就习惯新的环境，没有任何的不适，在哪里都一样。

只是不管在哪里都觉得少了些什么，总觉得有什么变了。

翻翻几个月前写下的文字，有几个片段连自己都怀疑那是不是自己写的，不带任何难过的意思，似乎毫无感情。原来的那个自己仿佛慢慢消失了，不管怎么努力回想，都想不起自己最初的模样。

我想我需要一杯热拿铁，借此融化落在我肩头的雪，再蘸点肉桂粉，让味道再浓一点儿、再香一点儿，即使被呛得眼眶湿润无法喘息也没关系，我需要找回我自己。

关于
伤痕

比利时
(Belgium)

 每一道疤痕都有故事

每个人都会受伤，都会在身体上留下伤疤。可疤痕没什么好遮掩的，学会拿它说故事，才是真正的痊愈。

离开非洲到达欧洲时，我每天洗澡后都必须把脚上的伤口清理一遍，然后包上新的纱布。有人问我："为什么右脚总是缠满绷带？"我回答："上个月在刚果丛林骑自行车，当时下着暴雨，路面很湿滑，天色又暗，还响起震耳欲聋的雷声，我不小心摔了一跤，皮都磨掉了。"我边说边用手遮掩伤口。

没想到他说："这有什么好遮的，你大可以指着疤痕对人讲，你年轻时怎么在刚果丛林里冒险，在雷雨交加中摔了一跤。这是让人骄傲的资本，我也想要这样的伤疤。"

我受宠若惊，从来没有这样想过。

妈妈总嘲笑我的脚布满伤痕，一点儿也不像女生，但是我一点儿也不在意。我曾经光着双脚踩在撒哈拉沙漠上，和贝都因人

在沙漠中生活而使脚底磨出了厚皮；我的脚也曾经被红海的珊瑚割伤过；在泰国山间骑车、在伊拉克搭便车时都曾受过伤……但这些伤痕，它们都有着故事。

我们都会受伤，因为我们都是平凡人，本来就不完美，缺角的圆才会去寻找失去的那一角。曾经让自己痛不欲生、哭得像个孩子的伤痛，如今变成身体上一道深刻的疤痕，但是如果没有这些，我不会变成现在的自己。没什么好遮掩的，你大可以坦然面对，接受它是自己身体的一部分，然后告诉别人自己是如何变得更好的。那些不可言喻的伤痛，便从此痊愈了。

关于未来 **北极圈** (Arctic Circle)

 **人生是论述题，不是选择题**

在北极圈的最后一晚，我看着银装素裹的森林，深邃又迷人，好像再往前走，就会掉进梦一样的洞穴里。

我想起电影《爱丽丝梦游仙境》，爱丽丝误闯森林后，遇到了妙妙猫。爱丽丝问它："请问我该往哪个方向走？"

妙妙猫："你要去哪里？"

爱丽丝："我不知道。"

妙妙猫："那往哪个方向走……很重要吗？"

那个晚上，这段对话一直在我脑海里盘旋。再过几天我就要回家了，想象着自己将会被长辈们不断地问起："你之后要干嘛？"我心里一片惘然。

我在埃塞俄比亚时认识了一个日本男生，他总是笑得很开心，乐于帮助别人，是让人感到温暖可靠的人。有一次我们一起搭公交车，他拿出一本教科书，准备在漫长的巴士路途上阅读，我问他那是什么书,他说明年回日本后想考消防员,这是消防员考试教材。当时我真的觉得他很适合当消防员,我几乎可以想象得到他在火场中冲锋陷阵的样子。

几个月后他回到日本,我发了信息给他,问他考试是否顺利。

"我决定不考了。"他答。

"啊,为什么?你当时不是在很认真地准备吗?"我觉得很意外。

"消防员是公务员啊!旅行之后我发现自己很喜欢摄影,不适合当公务员。还好我去旅行,不然现在一定做着一份不适合自己的工作,如果这是一份高薪、稳定又令人称羡的工作,就算发

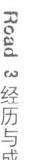

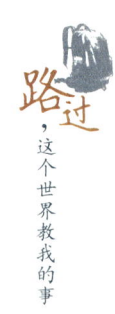

现不适合自己,我也一定会舍不得离职。我现在在高级饭店端盘子喔,工作时间很长,但是很快可以存到钱,我同时也在找摄影助理的工作,等存到钱又累积了经验,就可以去念摄影了。虽然家人觉得我已经过了任性、为所欲为的年纪,但我还是为自己找到真正喜欢的事而开心。"

"听起来很不错,我很为你开心。"

去西奈半岛之前,我根本没想到自己有机会当潜水教练;去尼泊尔之前,我不知道自己很喜欢登山;如果没有那几年在路上的日子,我更不知道自己是有能力说故事的人。人生是论述题,不是选择题,很多条路是现在看不到的,但是生命从来没让我们失望过。

后来也不怕人家问了。

"你之后要干嘛?"

"我不知道哦,但是我知道自己现在在干嘛!"

再回到布拉格,
我依然记得最后一站地铁的站名;
再回到巴黎,
我还是会在莫奈的画前呆呆站着;
再回到布达佩斯,
我还是可以轻车熟路地找到那间老相机店……

关于聚散

荷兰（Netherlands）

 **机场，吞吐思念的站点**

　　机场入境大厅里总有人来回踱步，没隔多久就去看一次班机抵达的告示牌，眼神中带着焦虑，但更多的是期待。也许期待的是老朋友，是在海外求学的孩子，是许久不见的那个他或她。直到告示牌上显示航班已然抵达，焦虑才渐渐从眼中褪去。他们紧紧盯着入境门，想象着那个人也许在等传送带上的行李，也许打开手机准备打电话。直至那个人拖着行李，还有疲惫的身躯，从门的那端走来，他们的脸上才露出喜悦的神色……

　　这样的事情每天都在上演。在车站、在机场，那些进出的关卡和闸门，吞吐着多少等待与归去的思念。那些随着科技进步，可以在更快的时间里把人们送到更远的地方去的交通工具，让人们的相遇、分离、牵挂、想念、期待、哭笑、拥抱都变得不再一样。

　　我想起自己在机场过夜的那些日子，还有那些漫长的转机时间。就在这些等待的空隙里，我遇到过要去柬埔寨看望儿子的英国爸爸,在伦敦工作的伊朗摄影师,听说我去过他的家乡小镇而兴奋不已的缅甸人,在阿富汗工作的意大利人,还有夏天到埃及度假的塞尔维亚人……我一直想知道,我又是以什么样的形式存在于他们的记忆里?也许就只是一个笑声很大、爱丢三落四、携着老相机到处晃荡的台湾女生罢了。

"去台北吗?"

"什么?"

"去台北吗?"

"嗯,是的。"

刚刚自己还是个置身事外的演员,观察着舞台上的人们来回走动,现在终于轮到自己上场——我要回"台北"去了。海关人员已经非常习惯地看着人们流泪告别、出入关卡,我熟练地来到关口盖章、出关、登机,和自己说再见。

说再见是最难的事,为什么从来没有人教会我们如何告别?

关于时间  法国(France)

 跟宇宙借来的私密时间

在彼此刚认识2个小时后,我们一起来到沙滩上。我手里拿着已经看了好几个月还舍不得放下的《尤利西斯》(*Ulysses*,爱尔兰意识流文学作家詹姆斯·乔伊斯于1922年出版的长篇小说)。她戴着红色镜框的太阳眼镜,慢悠悠地点燃手里的一根烟。我朝她瞥了一眼,细腻敏感的她立刻将烟移开,接着说:"不好意思,你应该不喜欢烟的味道。我已经习惯了法国的日子,在法国,几乎所有女人都抽烟。"

我回答道:"我一点儿都不介意,虽然我不会抽烟,但是我愿意抽。"

她显得有些惊讶,然后优雅地递过来一支烟,我没有拒绝。

在那之后的某个夜晚,我跟一个捷克女孩在公寓的阳台上聊天。她一边抽着烟,一边把打开的烟盒递给我,我抽出一根放到嘴边,用左手挡风,用右手打开打火机点火。我们肩并肩站着,

说话的同时看着彼此的眼，她说："我觉得很奇怪，我小的时候，妈妈每天都抽很多烟，我以前最讨厌她抽烟了，可现在我自己却抽上了。"

我说："我平常不会抽烟，但是如果有人递烟给我，我会把它看成一个私人邀请，好像是邀请我与她分享一个私密空间。我觉得两个人一起抽烟的那几分钟，就像是跟宇宙借来

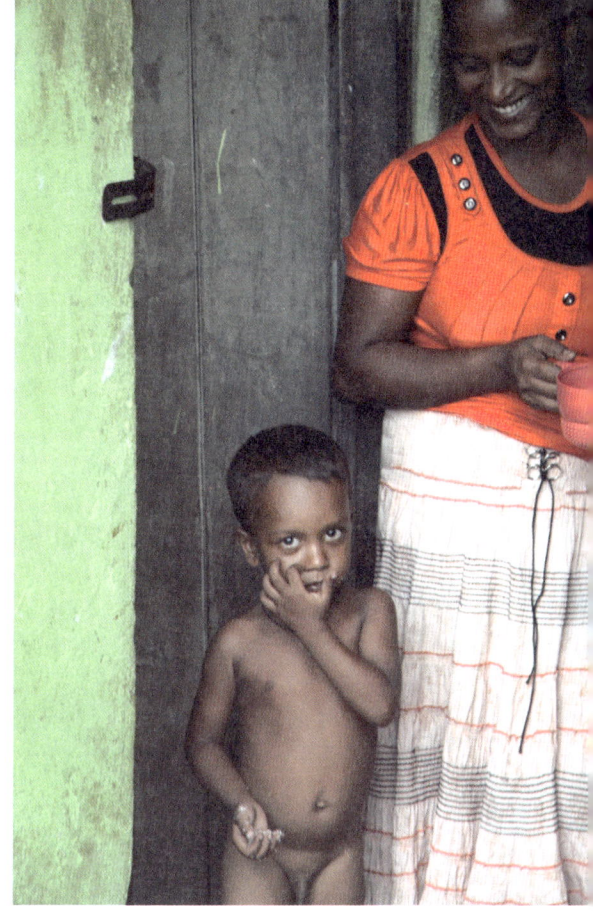

的时间一样，不存在于日常的 24 小时里，私密而不容许旁人介入，在烟被点燃的瞬间快速展开，又在烟熄灭的片刻宣告结束，一切都那么有默契……你知道我的意思吗？"

"我懂。"她答道。

我们看着人们在屋内嬉笑打闹，像是观看一场精彩绝伦的戏。手上的烟熄灭了之后，她接着又点上一根。我们又待了一小段时间，一个阿根廷男孩走来，打开阳台的窗户，于是屋内热闹的欢笑声就从窗户的细缝里溢了出来。阿根廷男孩对着我们大喊道：

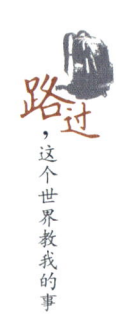

"你们在干嘛?快点进来!"然后又用力地关上了窗。

"你不觉得这样很像在男朋友家,他爸妈刚好从外面回来,一开门就撞见了你们在私聊吗?"她笑着说。

"我明白你的意思,感觉就像一个很私密的空间忽然有人闯入了。"

"我第一次抽烟是在15岁的时候,在那之后,我身边的朋友都是会抽烟的人,我们常常在一起享受这样'偷来的时间'。"她继续说道。

"我第一次抽烟是在土耳其的时候,那时候我从土耳其搭便车到伊拉克,卡车司机一句英文也不懂,只能对着我微笑,后来他递过来一根烟,可能是出于礼貌吧,我就跟着他抽起来。几年前我在巴塞罗那,搭乘的飞机在半夜起飞,我一个人坐在候机室的板凳上,一个男人朝我走来,坐在我旁边,他递过来一根烟说:'你也是搭半夜的飞机的吗?整个机场只有你一个人坐在这。'然后我们聊了一整晚,一直到飞机起飞前,我们才在登机口前道别。在我的记忆里,好像还真遇到过几个这样吸烟的朋友。"

听我说完后,她熄了烟,朝我使了一个默契的眼神,我们一起走进屋里,参与演出那场精彩绝伦的戏。

谦卑是旅人最需要的品格,
对文化宽容,接纳异己。
你走过的每一段路,都在证明自己还需要学习。
遇到的每一个人,都是告诉自己世界很大,
还有更多的人会与你萍水相逢。
只有谦卑的眼才能看到世界更多的美。

On the Road 3 经历与成长

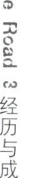

关于谦卑 老挝（Laos）

 谦卑，才能看到世界更多的美

在东南亚，常常遇到年纪很轻的背包客，他们的眼睛里总是透露着兴奋，这让我想到以前的自己。

有些事情，经历过才觉得不堪回首，连自己都羞于承认。

因为16岁那年的任性，我开始一个人旅行，从此彻底改变自己对世界的看法。早些年，在路上遇见的人每当听到我才十七八岁时，大都瞪大了眼睛说："好年轻！"然后顺带称赞几句。在还不够成熟的年纪，在还不够了解自己的人生阶段，旁人的褒赞真的很容易让我膨胀起来。

是的，我还不够成熟。有时候做事耐心不够，有时候对人欠缺同理心，还在学习接纳和宽容。我还不够了解自己，每天都在问自己一些问题。

依然记得几年前的那个自己，不懂得人类也有渺小而微不足道的时候，不懂得对世界谦卑是最重要的事情。那时的我常常会想:"鱼缸里的鱼知道自己活在鱼缸里吗?它们是不是以为鱼缸就是整个世界?"

"绝对不要变成这个样子,绝对不要!"我告诉自己。

我常常以为自己跳出了鱼缸,其实没有,我不过像一条小金鱼一样,从小鱼缸换到了大鱼缸而已,如果为此沾沾自喜,那真的有点可笑。谦卑是旅人最需要的品格,对文化宽容,接纳异己。你走过的每一段路,都在证明自己还需要学习。遇到的每一个人,都是告诉自己世界很大,还有更多的人会与你萍水相逢。

只有谦卑的眼才能看到世界更多的美。

关于想象 / 柬埔寨（Cambodia）

 **难道风景只存在于想象中？**

尼泊尔的博卡拉刚下过一场大雨，路面泥泞，轻轻一踩就会往下陷。K 走在前头，回头问我："你中午想吃什么？"

"都可以。"我答。

我们走在那条像是专为观光客而建的街道上，美式咖啡、法国餐馆，还有日本料理……应有尽有。

"为什么那么多异国料理？既然来了尼泊尔，应该吃当地料理呀！"我边走边说。

"台湾的街上没有各式各样的餐厅吗？"

"当然有啊。"

"那他们为什么不能有呢？"

"……说的也是。"

每一个旅人在抵达一个地方之前，总是抱有太多幻想，幻想着当地人依然过着原始的生活：他们还穿着兽皮，穿梭在丛林中射箭打猎，使用土灶烹煮一日三餐，吃着荷叶包着的糯米饭，晚间撑着竹竿划着小船回家……

在缅甸时，我发现缅甸乡间的道路崎岖不平，孩子们穿着破旧的衣服踢着藤球（用藤条编制而成的黄色空心圆球，又叫"脚踢的排球"），我近距离看到了"长颈族"，于是开始兴奋地在幻想清单上打勾。

到了老挝后，我看到那里的马路整齐平坦，鲜少有人穿着传统服饰，甚至有人在烈日炎炎的午后喝着可口可乐……

一切与自己的想象大相径庭，我开始疑惑是不是自己走得不够深入，看不到他们真实生活的样貌。这两个相邻国家之间的差异太大，刚开始我几乎是拒绝接受，我希望自己看到的与想象中的一样，这就是我作为一个旅人的自私。

但他们也需要舒适的生活环境、安全稳定的生活保障，生病了有一条平坦的马路通往城里的医院，孩子们可以在设施齐全的学校里念书，房子除了遮风挡雨，还可以有一张让人安稳入睡的床以及一个能享受热水澡的浴室。对于这些，我们几乎唾手可得，视为生活的基本需求，却自私地期望着他们仍然过着贫穷落后的生活，只为了印证自己的想象。

于是后来，当我在柬埔寨南部看到一幕幕与自己想象不一致的情景时，心中开始释然。我穿过一栋又一栋的木造小屋，看到女人们三五成群聚在草棚下织布闲聊；有几次我险些撞上步伐悠闲的牛群；红色的烂泥被飞奔而过的轮胎碾过后飞溅到我脸上；

路过，这个世界教我的事

跳上小船寻找想象中的水上人家未果，却看见浑身光溜溜的孩子从黄浊的河水里探出头来；在一片残破的房屋中看见一栋拔地而起的现代建筑，还没来得及问那是什么就看见几个孩子穿着整齐的海军制服，手上拿着书本鱼贯而行……于是我忙不迭地在想象的清单上打了叉，打从心底里为他们开心。

在缅甸,
我发现乡间的道路崎岖不平,
孩子们穿着破旧的衣服踢着藤球。
我甚至近距离看到了"长颈族",
于是开始兴奋地在幻想清单上打勾。

关于城市  美国（America）

旧金山，又热闹又寂寞

总是刻意避免去大城市，但人们总说旧金山是个好地方。

一个冬日午后，我走在旧金山的街头，漫不经心地游荡着。

心里没有难以掩饰的兴奋与好奇，一点儿也没有。只是，当走过一个又一个整齐的街区，看着地铁上的情侣，想象他们相遇的过程，听着黑人唱着灵魂乐，猜测他的人生故事，看着有些人穿着球衣，推着一辆脚踏车走进地铁站，猜测他们可能是要去观看球赛……就在这些想象瞬间，我顿时觉得整个城市也可爱起来。

晚上9点过后，整个城市安静下来了。有一条街还人声鼎沸，站在那间人们推荐必去的酒吧门口，我连靠近店门的欲望都没有了。这里和我想象中有些不一样，音乐太刺耳，人们眼神涣散。穿着黑色丝袜的女孩走进去前被要求出示证件，穿着黑色皮衣的男人手握着打火机走了出来点了一支烟，另一个男人在隔壁的速食店里买了披萨，走出来对我说："你的靴子很好看。"

后来，我就这样离开了。离开从来不需要原因。

蓝色的双层巴士驶过那座时常出现在明信片上的桥，窗外是鳞次栉比的高楼大厦。午夜时分，远处高楼的窗户闪闪烁烁，色彩斑斓，有的透亮，有的昏黄。有些窗户是紧闭的，或许在窗帘后面，有双眼睛骨碌碌地转着，正通过窗帘窥探外面的世界。有些窗台上放着几盆花和香草，它们的模样很适合冬天，花瓣边缘卷曲着，像沾了咖啡的纸巾，渐渐染成茶渍一样的颜色。原本想学电影里的场景，在厨房窗台上种几棵香草，煮饭时随手摘下撒上一点儿，但结果一次也没用上。

住在城市里的人，环境是热闹的，人心却是寂寞的。

关于
文字

南美 (South America)

那些文字无法形容的孤独与快乐

总是找不到合适的方式处理那些无法宣泄的思绪，唯有借助文字。

在脑海里拼命搜索和寻找，寻找合适的词汇，然后竭尽所能地拼凑出合适的句子，以表达出心中那满溢且无法承载的思绪。纵然有太多时候词不达意、言不及义，但是在寻找的过程中，心里仿佛就有什么东西被满足了。

我曾试着去形容一种孤独，不是几天几夜一直待在荒漠里的孤独，也不是好几天都没有和人说话的那种孤独，而是好久以后才明白，其实每个人都是一个独一无二的生命个体的孤独。我也曾试着去形容一种快乐，不是走了几百里的山路，在山顶看到那美得几乎令人窒息的景色的快乐，也不是在几十米深的海洋里被鱼群环绕、海豚从身边游过的快乐，而是那种错过了千百万次，最后又因为奇迹般的巧合而重遇的快乐。

但是又如何呢？我觉得自己写出的字句依然词不达意，依然言不及义。

我把日记往回翻了 38 页，时间回到 2013 年的最后一天。

"2013 年的最后一天，我在南美洲北部临海的沙漠里。在一个伸手不见五指的夜晚，我来到海边沙滩。夜幕低垂，整个银河系好像随时会坠落，对岸的灯火远远地映进眼帘。午夜过后，烟花好像共同约好了一样，忽然在整个海湾绽放。一边是在眼前绚烂绽放的烟花，一边是在耳际回响的浪声，我感觉自己仿佛躲在阴暗柔软的洞穴里窥视着声道错置的影片。我记得自己感动得捂上嘴巴，幸福得掉下了眼泪。"

但文字对情感的表达，连万分之一都不及。

当一个朋友问起我，他在我心里是怎样的人的时候，我想也没想就说："你啊……是一个闻起来像太阳的人。"

"这应该是我听过最好的答案。"他说。

"你太容易满足了，跟我一样。"

我没有跟他说，他的温暖，我形容得连万分之一都不够。

关于
懂得

巴拿马（Panama）

 接受无法改变的，改变你能改变的

在加勒比海的小岛，人们总是一早拿着冲浪板来到海边，在太阳下山前离开。但他们不知道的是，午夜时分，海水因为潮汐会渐次退去，没多久海滩就成了无边无际的沙漠。有许多个夜晚，我在湿漉漉的沙滩上用树枝写下再诚实不过的字句。天色渐亮，海洋又像一张拉满弦的弓，海水就像是被精准地拉在弓弦上的箭，时候一到，又前仆后继地向我逼近，淹过我的脚踝，淹没那些文字。在海浪狼吞虎咽地吃掉那些字句后，我觉得大海已经倾听了我的心事，而且它永远不会泄漏那些秘密，如此诚实可靠。

那个沉默寡言的加拿大人已经在这里住了几个月。他常常望着大海一言不发，看到风浪好的时候就抓起冲浪板走向大海，其他时间只是看看书，他说："我的生活就是冲浪、学习、思考。这些事情够我忙了。"

有一次我好奇地问："你在看什么书？"

"心理学,我一直以来想学的东西。"

"不想在学校念书吗?"

"我试过了,但没毕业。"他说,"我在学校念到一半的时候,我姐姐生病了,我回家去照顾她。"

"后来呢?"

"走了,癌症。"

然后我们都沉默了,没多久下起倾盆大雨来。

第二天早上又在海边遇到他,他问我:"还好吗?"

我答:"我在想一些事情。总觉得自己太年轻了,无法接受每件事情都会结束的事实……"

"人之常情。"

"我们好像没办法忍受事情的发展和预想的不一样,拒绝接

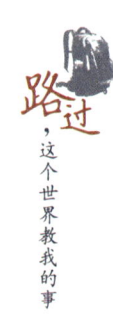

受那些让我们感到苦恼、心痛、懊悔的事，但宇宙的运行不会因为我们的感受而改变方向。每件事情，好的坏的，都会发生。人们只能接受，然后全心全意地去感受。你问我好不好，我不确定，但是生命本来就不是要让我们觉得好或不好，这不是它的目的，它只是要我们去'感受'……算了，我也不知道自己在说什么。"

"我懂你的意思。"

然后，每天来这里一次的蔬果车开过来了，我们买了一些水果。回去的路上，我告诉他："谢谢你，其实我们在离家几万公里之外的旅途中，要的不过就是有人说一句'我懂你'。"

海浪声在耳边回响，日子清闲而安适，一天又一天。

我穿过一栋又一栋的木造小屋,
看到女人们三五成群聚在草棚下织布闲聊。
在一片残破的房屋中看见一栋拔地而起的现代建筑,
还没来得及问那是什么就看见几个孩子穿着整齐的海军制服,
手上拿着书本鱼贯而行……

关于过往

哥伦比亚(Colombia)

 **用忘记哀悼过去**

"我想知道以前的你是什么样的。"L问我,边说边放下手中的啤酒瓶。

"我想不起来了。"我答,居然有些懊恼。

"那你真的是变了。"

以前的我喝咖啡会加糖和牛奶,以前的我很在乎别人的眼光,以前的我容易伤害别人,以前的我不知道自己想要什么,以前的我不喜欢自己,以前的我不知道自己有多幸运……但现在的我还有许多东西跟以前一样,我还是会在开心的时候笑得不能自已,还是会无可救药地固执,还是喜欢看到人们开心的脸,还是喜欢搭公交车,喝同一种无糖豆浆。这样想着,我居然觉得以前的自己挺好的。

L又说:"我们每个人都是一个独立的生命体,都是由不同阶段的自己组成,而不同阶段的自己完全是不同的。你有没有一些朋友,曾经无所不谈,可以为了彼此两肋插刀,后来就渐渐疏远了。没有谁辜负谁,只是大家都变了,有了不同的目标和理想,不再像从前一样契合。"

"人很难分辨自己是想念一个人还是一段回忆。我遇到过一些情侣,开始感情很好,后来都变了,也许他们曾经爱的不是彼此,而是一起有过的回忆。"

"我就是意识到这件事之后,离开她,离开家,来到这里。"L说。

"我们总是在想念一个假象吧!其实这就和死亡一样,脑海

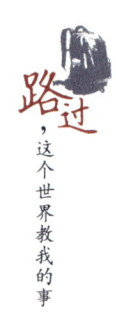

中想念的那个人已经不存在了,或者说已经不再是以往的模样。只是我们总对过往恋恋不舍,还想着一起度过的时光、走过的路和说过的话,就某种层面来说,这是一种哀悼。同样地,以前的那个我已经死了,不会再回来。"我说。

我脑海里出现了一些人、一些事,我在心里默默地为他们举行了一场悼念仪式。哀悼之后,我将他们送进记忆之门,封锁、冰冻,不再想起。

"忘记过去是让自己变得更好的唯一方法,什么都想紧紧抓住是没有办法改变的,再说,没有什么是可以永远抓住的,任何事情都一样。"他喝干瓶子里的啤酒说,"人生真的会不断给你惊喜,只要你给它机会。一味活在过去,是没办法改变的。"

很久很久之后,我还是会常常想起这段对话。未来的我也许会想念现在的自己,那时的自己常常情绪起伏不定、无法克制,但那些都成为了过去……

对于他们来说，
我是一个突如其来的闯入者，
装点了他们的生活，
而他们的生活也装饰了我的旅行。

关于穷游 哥伦比亚(Colombia)

 旅行，人生的一场修行

人们常为花了少量的金钱而去了许多地方旅行而感到自豪。每当有人问我："你怎么有那么多钱可以去那么多地方？"我总是回答："我不敢说旅行不花钱，但我绝对没有大家想的那么有钱。"旅途中，我选择走陆路、搭便车、借宿、吃简单的食物……这些都是我能用较少的金钱去到更多的地方的原因，但这绝对不代表我用这样的方式旅行是为了省钱。旅游和旅行，是完全不同的两码事。

我不喜欢搭飞机，因为看不到旅途中气候与风土人情的改变。如果选择陆路旅行，情况就大大不同了，你能看到这一切渐渐发生改变。我记得从苏丹到埃塞俄比亚时需要搭上4天的车，一开始看到的是一些沙漠灌木丛，到最后竟是满目绿意的草原。在苏丹时，在特定的时间点司机会将车停在路边，只为了朝拜。而在快要到埃塞俄比亚的国境线前，已经能看到一些穿着裙子、脖子上挂着十字项链的女人。这一切都在眼睛的张合与车轮的前进间慢慢发生改变,而不是瞬间逆转的过程。这就是我喜爱陆路旅行的原因。

搭便车,是因为我想与平常没有机会接触的人聊天,那些愿意停下车来顺带捎我一程的人,他们身上绝对跟我有着某些共通之处,或者有着与众不同的故事。彼时彼刻,每辆停下来的车已不再只是冰冷的交通工具,而是在传递着一个信念:我相信你,你也相信我。

正是因为这样的信念,便觉得搭便车不辛苦,移动得慢也无所谓,因为这本身就是一场旅行。

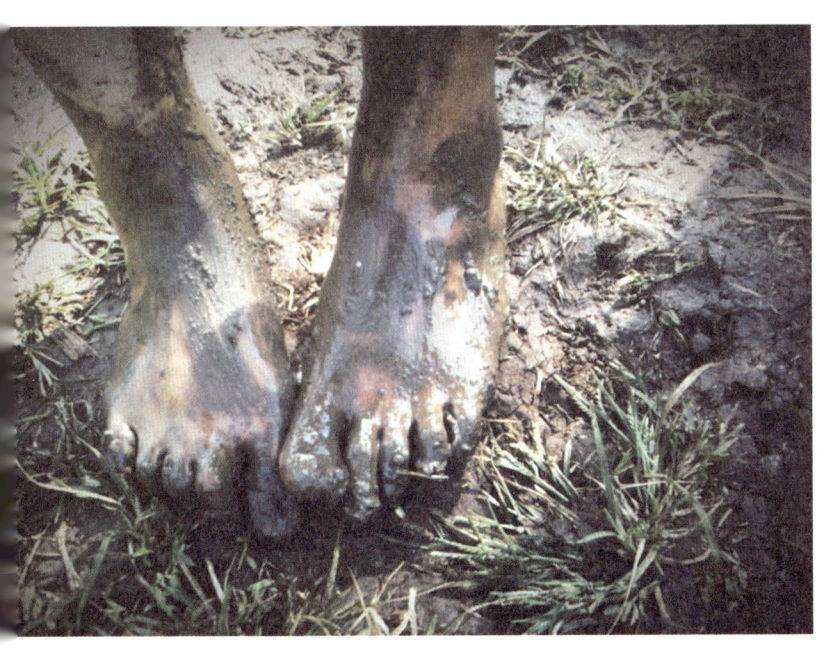

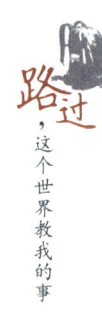

  而选择借宿，是因为我觉得在茫茫人海中遇到的许多人，总有那么几个人，彼此可以成为一辈子的朋友。对于他们来说，我是一个突如其来的闯入者，装饰了他们的生活，而他们的生活也装饰了我的旅行。

  这就是我为什么选择这样的方式旅行的原因，从来都不是为了省钱。

  如果你为了省钱才去搭便车或者借宿，那就别去了吧。旅游和旅行，从来就是完全不同的两码事，唯有旅行，才更像人生的一场修行。

On the Road 3 经历与成长

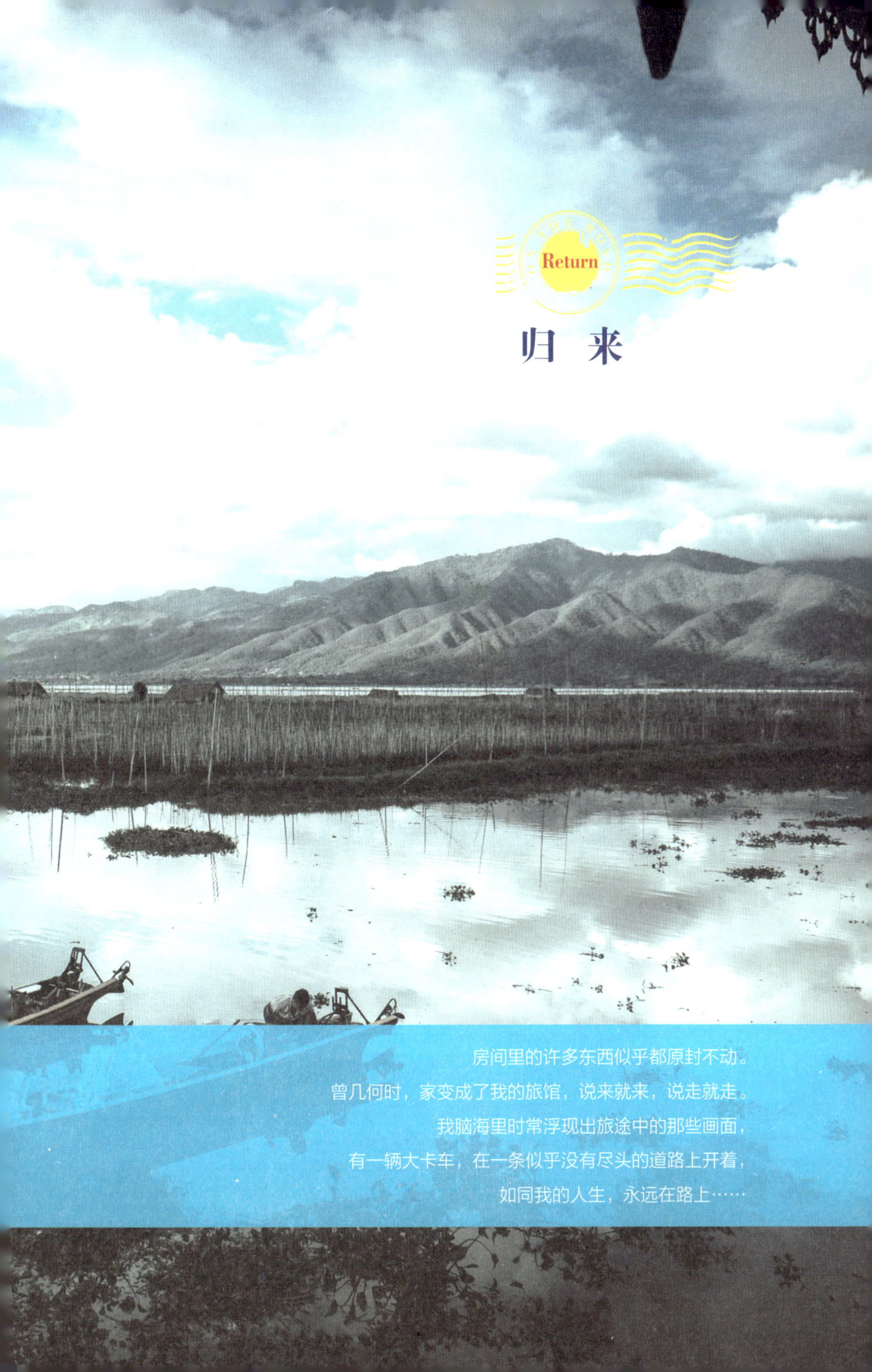

Return

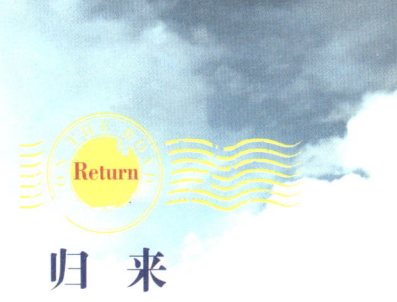

归 来

房间里的许多东西似乎都原封不动。

曾几何时，家变成了我的旅馆，说来就来，说走就走。

我脑海里时常浮现出旅途中的那些画面，

有一辆大卡车，在一条似乎没有尽头的道路上开着，

如同我的人生，永远在路上……

关于
过渡期

我的人生，永远在路上

回家后，我每天都在整理房间，把一箱箱不要的旧物丢弃或者送人，再谢谢他们分担这些。

房间里的许多东西似乎都原封不动。洗面奶还是满满一瓶，从学校搬回来的箱子连封带都还没有拆，读到一半的书还搁在同一个地方，连床单上的褶子都和我离开那天一样。仿佛那段旅行在外的日子，是被偷走的时光，凝固静止在某一刻，只有我自己知道它代表着什么意义。

躺在床上的我被天花板压得无法喘息，曾几何时，家好像变成了我的旅馆，说来就来，说走就走。回来那天，我从背包拿出盥洗袋，来到浴室，打开热水，水雾弥漫，视线模糊。刷完牙后又习惯性地把牙刷放回盥洗袋，似乎是在旅馆，准备好随时离开，旅行到下一站。当意识到自己已经在家时，我坐在浴室地板上发了好久好久的呆。

把自己关在房间里，熄了灯。在黑暗中，闻闻几年前的自己的味道。我对现在的自己说，这可能需要一段时间来适应，如果你不介意的话。

我脑海里时常浮现出旅途中的那些画面，有一辆大卡车，有些生锈了，走在路上咯吱作响，但它一直、一直在那条似乎没有尽头的道路上开着，呼哧呼哧……一如我的人生，永远在路上。

"iHappy 书友会"会员申请表

姓　名（以身份证为准）：_____　　性　别：_____
年　龄：_____　　职　业：_____
手机号码：_____　　E-mail：_____
邮寄地址：_____　　邮政编码：_____
微信账号：_____　　（选填）

请严格按上述格式将相关信息发邮件至中资海派"iHappy 书友会"会员服务部。
　　邮　箱：zzhpHYFW@126.com
　　微信联系方式：请扫描二维码或查找 zzhpszpublishing 关注"中资海派图书"

优惠订购	订阅人		部　门		单位名称	
	地　址					
	电　话				传　真	
	电子邮箱			公司网址		邮　编
	订购书目					
	付款方式	邮局汇款	中资海派商务管理（深圳）有限公司 中国深圳银湖路中国脑库A栋四楼　　　　邮编：518029			
		银行电汇或转账	户　名：中资海派商务管理(深圳)有限公司 开户行：招行深圳科苑支行 账　号：81 5781 4257 1000 1 交通银行卡户名：桂林　　卡　号：622260 1310006 765820			
	附注	1. 请将订购单连同汇款单影印件传真或邮寄，以凭办理。 2. 订阅单请用正楷填写清楚，以便以最快方式送达。 3. 咨询热线：0755-25970306转158、168　传　真：0755-25970309转825 E-mail：szmiss@126.com				

　　→利用本订购单订购一律享受九折特价优惠。
　　→团购30本以上八五折优惠。